꼭 읽어야 할

중학교
문 학
첫걸음

소설 • 3

꼭 읽어야 할

중학교 문학 첫걸음 소설 3

초판 1쇄 발행 2025년 10월 01일

글 주요섭 외 **그림** 최도은 **엮음** 한재진
발행처 주식회사 스푼북 **발행인** 박상희 **총괄** 김남원
편집 길유진 김선영 박선정 이민주 이지은
디자인 이지숙 권수아 정진희 **마케팅** 박병건 박미소
출판신고 2016년 11월 15일 제2017-000267호
주소 (03993) 서울시 마포구 월드컵북로6길 88-7 ky21빌딩 2층
전화 02-6357-0050(편집) 02-6357-0051(마케팅)
팩스 02-6357-0052 **전자우편** book@spoonbook.co.kr

ISBN 979-11-6581-604-9 (43810)

꼭 읽어야 할

중학교
문 학
첫 걸 음

소설 • 3

주요섭 외 지음 ｜ 최도은 그림 ｜ 한재진 엮음

스푼북

어떤 사람이 길을 걷고 있는 장면을 떠올려 봅시다. 우리는 이 모습을 여러 가지 방식으로 바라볼 수 있습니다. 길을 걷는 당사자의 시선일 수도 있고, 멀리서 바라보는 사람의 시선일 수도 있습니다. 같은 사건이라도 누가, 어떤 입장에서 바라보느냐에 따라 느낌과 의미는 완전히 달라질 수 있습니다. 문학에서도 마찬가지입니다. 시점(視點), 즉 '이야기가 누구의 눈을 통해 전달되는가'에 따라 작품의 분위기와 독자가 느끼는 감정이 크게 달라집니다.

예를 들어, '나'가 주인공인 1인칭 시점으로 쓰인 작품은 주인공의 주관적인 생각과 감정이 잘 드러나기 때문에 독자가 이야기에 더 잘 이입하기 쉽습니다. 반면에 작가가 객관적인 입장에서 이야기를 서술하거나, 모든 것을 아는 전지적 입장에서 서술하는 3인칭 시점은 다양한 인물의 행동과 심리를 폭넓게 보여 주고 상황이나 사건에 대해 더 많은 정보를 줄 수 있지요. 어떤 경우에는 한 작품 안에서 시점이 바뀌며 이야기가 더욱 입체적으로 펼쳐지기도 합니다. 작가는 이러한 시점을 통해 주제를 효과적으로 드러내거나, 독자가 작품을 새롭게 해석할 수 있도록 유도합니다.

그렇다면 이야기가 펼쳐지는 시대적 배경은 어떨까요? 문학 작품 속에는 그 시대의 모습과 분위기가 자연스럽게 반영됩니다. 시대적 배경은 단순한 배경 설정이 아니라, 등장인물의 삶과 행동, 그리고 갈등의 이유까지 결정하는 중요한 요소가 됩니다. 같은 사건이라도 작품의 시대적 배경에 따라 전혀 다른 의미를 가질 수 있습니다.

전쟁이 배경이 되는 작품에서는 치열한 생존의 문제 앞에 놓인 인물들이 등장하며, 산업화와 도시화가 이루어지던 시대를 다룬 작품에서는 전통적인 가치와 현대적 가치가 충돌하는 모습을 볼 수 있습니다. 이런 배경을 이해하며 작품을 읽으면, 등장인물의 감정과 선택이 더욱 설득력 있게 다가오고, 이야기 속 갈등이 더 깊이 이해될 것입니다.

이 책에는 다양한 시점과 시대적 배경을 가진 작품들이 담겨 있습니다. 작품을 읽을 때 '사건을 누구의 눈으로 보고 있는가?', '시대적 배경이 이야기와 어떤 관련이 있을까?' 하는 질문을 던져 보세요. 그러면 작품을 더 깊이 이해하고, 작품이 담고 있는 의미를 더욱 폭넓게 바라볼 수 있을 것입니다. 작품을 본격적으로 읽기 전에 '어떻게 읽을까?'를 꼭 참고해 보세요. 더욱 풍부한 감상을 할 수 있을 것입니다.

이제 시점과 시대 속에서 펼쳐지는 이야기의 세계로 들어가 볼까요?

엮은이
한재진

차례

일러두기

1. 본문은 작품이 수록된 단행본을 원본으로 삼았으며, 맞춤법과 띄어쓰기는 국립국어원의 현행 표기법을 따랐습니다.
2. 책 제목은 《 》, 단편 소설 · 연극 · 잡지 · 노래 제목 등은 〈 〉로 표시하였습니다.
3. 부가적인 설명이나 단어 풀이가 필요하다고 판단한 경우에는 각주로 설명을 붙여 놓았습니다.

1

옥상의 민들레꽃

박완서

어떻게 읽을까?

① 옥상에서 피어난 민들레꽃이 어떤 상징적 의미를 가지는지 살펴보며, 생명의 소중함에 대해
생각해 보세요.
② 궁전 아파트에서 일어난 사건이 공통적으로 어떤 문제 때문에 일어났는지 현대 사회의 물질
만능주의와 관련지어 생각해 보세요.

우리 아파트 7층 베란다에서 할머니가 떨어져서 돌아가셨습니다. 실수로 떨어지신 게 아니라 일부러 떨어지셨다니까, 할머니는 자살을 하신 것입니다.

　이런 일이 벌써 두 번째입니다.

　그것을 제일 먼저 발견한 할머니의 며느리가 놀라서 악을 쓰는 소리를 듣고 아파트에 사는 사람들이 모두 베란다로 뛰어나갔습니다. 나도 뛰어나갔습니다만, 엄마가 뒤에서 내 눈을 가렸기 때문에 7층에서 떨어진 할머니가 어떻게 되었는지 보지는 못했습니다.

　엄마는 내 눈을 가려 주면서 떨리는 목소리로 말했습니다.

　"오오, 끔찍한 일이다."

　다른 어른들도 끔찍한 일이야, 오오, 끔찍한 일이야 하면서 아이들의 눈을 가려서 얼른 안으로 데리고 들어갔습니다.

　우리 궁전 아파트는 살기 편하고 시설이 고급이고 환경이 아름답기로 이름이 난 아파트입니다.

　우리나라에서 나는 물건은 물론 외국에서 들어온 물건까지 없는 것 없이 갖추어 놓은 슈퍼마켓도 있고, 어린이를 위한 널찍한 놀이터도 있고, 아름다운 공원도 있고, 노인들을 위한 정자도 있고, 사람의 힘으로 만든 푸른 연못도 있습니다.

누가 "너 어디 사냐?" 하고 물었을 때 궁전 아파트에 산다고 하면 물은 사람의 얼굴에 단박 부러워하는 빛이 역력해집니다. 그리고 한숨을 쉬며 말합니다.

"참 좋겠다. 우린 언제 그런 데 살아 보누."

그러니까 궁전 아파트에 살지 않는 사람들은 궁전 아파트에 사는 사람이 행복하다는 것을 아무도 의심하지 않나 봅니다. 그렇게 믿고 있는 사람들을 실망시키지 않기 위해서라도 궁전 아파트에 사는 사람들은 모두 모두 행복할 수밖에 없습니다.

그런데 이게 웬일입니까? 벌써 두 사람째나 살기가 싫어서 스스로 목숨을 끊었습니다. 얼마나 사는 것이 행복하지 않으면 스스로 목숨을 끊고 싶어질까 궁전 아파트 사람들은 상상할 수 없습니다. 궁전 아파트 사람이 알 수 있는 것은 앞으로 이런 일이 다시는 일어나선 안 된다는 겁니다. 이런 일이 자꾸 일어나 소문이 퍼져 보십시오. 사람들은 궁전 아파트 사람들의 행복이 가짜일 거라고 의심할지도 모릅니다. 그렇게 된다면 큰일입니다. 그런 생각만으로도 궁전 아파트 사람들은 단박 불행해지고 맙니다.

궁전 아파트 사람들이 이제껏 행복했던 것은 다른 사람들이 그렇게 알아줬기 때문이니까요.

그것은 마치 엄마의 보석 반지가 엄마를 행복하게 하는 것은, 보석이 아름다워서가 아니라 보석이 진짜라는 보석 장수의 보증때문인 것과 같은 이치입니다.

이제껏 굳게 믿고 있던 행복이 흔들리자, 궁전 아파트 사람들은 그 불안을 견디다 못해 한자리에 모여 의논을 하기로 했습니다. 모이는 장소는 70평짜리를 두 개 터서 쓰는 사장님 댁으로 정해졌습니다.

나는 엄마의 치마꼬리에 바싹 다가붙었습니다. 나는 막내입니다. 그래서 엄마는 나를 그냥 어린앤 줄 압니다. 대개의 어리광은 오냐오냐 하고 잘 들어줍니다.

넓은 사장님 댁은 벌써 사람들로 꽉 들어차 있습니다. 반상회 날보다 더 많은 사람이 모여들었습니다. 반상회 날은 더러 아이들도 섞여 있었는데, 오늘은 아이들은 한 명도 안 보입니다. 어른

들만 모여 있으니까 회의의 분위기가 한층 엄숙해지는 것 같았습니다.

엄마도 그제야 내가 따라간 것이 창피한지 눈짓을 하며 나를 등 뒤로 숨기려 들었습니다. 그러나 나는 엄마 등 뒤에 숨을 수 있을 만큼 작은 아이가 아닙니다. 나는 나타나 있고 싶고 참견도 하고 싶었습니다. 딴 일이라면 모를까, 이런 일은 내가 꼭 참견을 해야 할 것 같았습니다.

왜냐하면 나는 그 할머니가 왜 살고 싶지 않는지를 알고 있기 때문입니다. 생전의 그 할머니와 사귄 적도 본 적도 없었지만 그것만은 자신 있게 알고 있었습니다.

"에에 또, 이렇게 여러 귀빈들을 한자리에 모셔서 영광입니다. 오늘은 저희 집에 모신 만큼 제가 임시 회장이 되어서 이 회를 진행하겠습니다. 아, 참 회장이 있으려면 회 이름도 있어야겠군요. 명함에 박으려면 무슨 무슨 회 회장이라고 해야지 그냥 회장이라고 할 수 없지 않습니까? 안 그렇습니까, 여러분!"

"옳습니다!"

여러 사람 다 찬성을 했습니다.

"서로 돕기회가 어떻겠습니까?"

어떤 젊은 아저씨가 말했습니다.

"안 됩니다, 그건. 서로 돕다니요? 우리가 뭐가 부족해서 서로 돕습니까? 이웃 돕기는 가난하고 불쌍한 사람들끼리 하는 겁니다."

"옳소, 옳소."

여러 사람이 찬성했기 때문에 서로 돕기회는 부결이 됐습니다.

"그, 그렇지만 우리가 여기 이렇게 모인 건 서로 돕기 위해서가 아닙니까?"

서로 돕기회를 주장한 젊은 아저씨가 외롭게 대들었습니다.

"아닙니다. 이번 사고를 수습할 대책을 마련하려고 모인 겁니다."

"아, 됐습니다. 바로 그겁니다. 수습 대책 협의회가 좋겠군요. 궁전 아파트 사고 수습 대책 협의회…… 적당히 어렵고 적당히 길고…… 그걸로 정할까요?"

"사장님, 아니 회장님, 그럼 그 명의로 명함을 박으실 건가요?"

"그러문요. 썩 마음에 드는 명칭입니다. 안 그렇습니까?"

"안 그렇습니다. 그건 마치 우리 궁전 아파트가 사고만 나는 아파트란 인상을 퍼뜨리는 것과 같습니다. 아파트값이 뚝 떨어질지도 모릅니다."

아파트값이 떨어질지도 모른다는 소리에 일제히 와글와글 들고일어나 그 이름도 부결이 됐습니다.

"여러분, 지금 급한 건 회의 이름 짓기가 아닙니다. 어떡하면 그런 사고가 다시는 안 일어나게 하나 하는 것입니다. 이번이 벌써 두 번째입니다. 이 소문이 퍼져 보십시오. 제일 먼저 영향을 받는 건 우리 아파트값일 겁니다. 아마 한 번만 더 사고가 나면 우리 아파트값은 당장 똥값이 될걸요."

회 이름을 서로 돕기회로 하자던 아저씨가 이렇게 말하자 장내는 조용해지고 사람들의 얼굴은 사색*이 됐습니다.

"여러분, 우리 아파트값을 똥값을 만들지 않기 위해 머리를 짭시다. 좋은 의견이 있으신 분은 기탄없이** 말씀해 주십시오."

"젊은 사람, 그것은 회장의 권한입니다. 좋은 의견이 있으신 분 기탄없이 말씀해 주십시오."

회장이 젊은 아저씨로부터 말끝을 빼앗았습니다.

"저요, 저요."

---

* 사색: 죽은 사람처럼 창백한 얼굴빛
** 기탄없이: 어려움이나 거리낌이 없이

나는 학교에서 선생님께 시켜 달라고 조를 때처럼 손을 먼저 들면서 벌떡 일어서려는데 엄마한테 세차게 붙잡혔습니다.

"아니, 여기가 어딘 줄 알고 네가 나서려고 해. 아이 창피해."

엄마의 얼굴이 홍당무가 됩니다. 아니, 여기가 어디라고 아이를 끌고 다녀 쯧쯧, 사람들이 수군대는 소리도 들립니다. 엄마는 얼굴이 더 빨개지면서 어쩔 줄을 모릅니다.

"제가 한마디 하겠습니다."

뚱뚱한 아줌마가 몸을 일으키는데 하도 오래 걸리니까 뒤에 앉은 사람이 영치기 하고 큰 소리로 외치며 엉덩이를 들어 주었습니다. 모인 사람들이 처음으로 웃음을 터뜨렸습니다.

"여러분, 이건 웃을 일이 아닙니다."

뚱뚱한 아줌마가 엄숙한 얼굴로 말을 시작했습니다.

"나도 조금 전까지만 해도 지금처럼 심각하진 않았습니다. 우리 집엔 노인네가 안 계시니까요. 그러나 지금은 누구 못지않게 심각합니다. 다들 그래야 됩니다. 노인네를 지키는 것은 노인네를 모신 집만의 골칫거리지만 아파트값의 최고 자리를 지키는 것은 우리 모두의 일입니다. 아시겠어요?"

장내가 물을 끼얹은 듯 조용해졌습니다.

"제일 먼저 우리가 할 일은 절대로 이번 사고를 입 밖에 내지 않는 겁니다. 소문만 안 나면 그런 일은 없었던 거나 마찬가집니다. 다음은 그런 일이 다시는 안 일어나게 하는 겁니다. 감쪽같이 감추는 것도 한두 번이지 자꾸 계속되면 소문이 안 날 수가 없게 됩니다. 왜냐하면 이사 가는 사람이 생기거든요. 나부터도 그런 사고가 한 번만 더 나면 아파트값이 뚝 떨어지기 전에 제일 먼저 팔고 이사를 갈 테니까요. 이사만 가 보셔요. 뭐가 무서워 소문을 안 냅니까. 아시겠죠? 소문을 안 내는 것보다는 그런 사고가 또다시 안 일어나게 하는 게 더 중요한 까닭을……."

모두들 말없이 고개만 끄덕였습니다. 뚱뚱한 여자는 더욱 의기양양해서 연설을 계속했습니다.

"그래서 제가 연구한 사고 방지책을 지금부터 말씀드리겠어요. 조용히 하셔요, 조용히. 우리 아파트 베란다는 너무 허술해요. 노인네가 아니라도 아이들이 장난치다 떨어지지 말란 법도 없잖아요."

"아유, 끔찍해라."

엄마가 나를 꼭 껴안았습니다. 딴 엄마들도 아이들이 떨어질 수 있다는 새로운 근심에 안절부절을 못합니다. 아이들한테만 집을 맡기고 온 엄마는 뒤로 몰래 빠져나갈 눈치를 보기도 합니다.

"그래서 베란다에다 일제히 쇠창살을 달면 어떨까 하는 의견을 말씀드리는 겁니다. 바람은 통하되 사람의 몸이 빠져나갈 수는 없는 쇠창살 말입니다."

"옳소, 옳소."

"옳은 말씀이에요. 왜 진작 그 생각을 못했을까? 이제부터 발 뻗고 자게 됐지 뭐예요."

모든 사람의 얼굴에는 근심이 걷히면서 뚱뚱한 여자의 의견에 대한 칭찬의 소리가 자자했습니다.

"옳은 일은 서두르는 게 좋아요. 곧 쇠창살을 해 달도록 하셔요. 회장의 권한으로 명령합니다."

회장님이 주먹으로 탁탁 응접 탁자를 치면서 말했습니다.

"쇠창살 주문은 내가 받겠어요. 우리 애기 아빠가 쇠붙이 회사 사장이니까요. 누구보다도 값싸게 누구보다도 빨리 해 드릴 수가 있어요. 품질은 보증하겠느냐구요? 여부*가 있나요."

뚱뚱한 여자가 신이 나서 소리쳤습니다. 사람들은 서로 먼저 쇠창살 신청을 하려고 밀치고 아우성쳤습니다.

"여러분, 침착하셔요. 이럴 때일수록 흥분을 가라앉히고 이성을 되찾아 침착하게 생각해야 합니다. 과연 쇠창살이 가장 좋은 방법일까요?"

젊은 아저씨가 아우성치는 사람들을 향해 팔을 휘두르며 외쳤습니다. 사람들은 젊은 아저씨의 다음 말을 기다리느라 잠깐 조용해졌습니다. 그때 나는 내가 다시 나서야 할 것처럼 느꼈습니다.

나는 알고 있기 때문입니다. 베란다에서 떨어져서 그만 살고 싶은 마음을 돌이킬 수 있는 건 쇠창살이 아니라 민들레꽃이라는 걸 나만이 알고 있기 때문입니다. 내가 알고 있는 건 어른들처럼 갑자기 떠오른 날림 생각이 아니라 겪어서 알고 있는 것이기 때

---

* 여부: 틀리거나 의심할 여지

문에 더욱 자신이 있습니다.

'베란다에 있어야 할 것은 쇠창살이 아니라 민들레꽃이에요.
정말이에요.'

그 소리를 소리 높이 외치고 싶어 목구멍이 간질간질하고 가슴
이 두근댑니다. 오줌을 쌀 것처럼 아랫도리가 뿌듯하기도 합니
다. 나는 참을 수가 없어서 몸부림치면서 엄마의 품을 벗어나려
고 했습니다.

"얘가, 누구 망신을 시키려고 또 이래?"

엄마는 입속으로 중얼대면서 쇠사슬처럼 꽁꽁 나를 껴안았습
니다. 젊은 아저씨가 말을 계속했습니다.

"여러분, 우리 아파트가 가장 값이 비싼 것은 내부의 시설과 부
대 시설이 잘 된 때문만은 아니란 사실을 알아야 합니다. 우리
아파트는 겉모양이 아름답기로도 소문난 아파트입니다. 지나
가던 사람도 우리 아파트를 보면 단박 살고 싶은 생각이 들 만
큼 아름다운 겉모양을 하고 있습니다. 옛 궁전에서 귀족 노릇
을 하는 것 같은 착각이 생기기도 합니다. 그런 아파트의 베란
다마다 쇠창살을 달아 보셔요. 사람들이 뭘 연상하겠습니까?"

"감옥소요, 감옥소."

"세상에 끔찍해라, 감옥소라니."

"아파트값이 똥값이 되고 말 거예요."

"나라면 거저 줘도 안 살 거예요."

이렇게 해서 베란다에 쇠창살을 달자는 의견은 흐지부지되고

말았습니다. 그러나 뚱뚱한 여자는 기가 꺾이지 않고 새로운 의견을 내놓았습니다.

"젊은 양반이 좋은 얘기해 줘서 고마워요. 그 생각을 못한 건 실수였어요. 그럼 이렇게 하는 게 어떻겠어요? 베란다 쪽으로 난 유리창에 새로운 자물쇠를 달면요? 우리 쇠붙이 회사에서 요새 발명해서 특허를 낸 자물쇠인데 한번 잠갔다 열려면 열쇠 가지고도 반나절은 넘게 걸리고, 그동안에는 시끄러운 소리가 계속 난다니 노인네나 아이들이 몰래 열고 나갈 가망은 절대 없잖아요."

"그렇지만 엄마들이 집을 비우는 시간이 어디 반나절만 되나요?"

구석에 앉은 젊은 엄마가 말했습니다.

"그러니까 시끄러운 소리를 나게 한 거 아뉴? 시끄러운 소리가 반나절이나 나면 이웃끼리 서로 연락을 해서 사고를 미연에 방지할 수가 있으니까."

"참, 그렇겠군요."

젊은 엄마가 고개를 움츠렸습니다.

"그렇지만, 여러분."

여태까지 잠자코 있던 노교수님이 반백*의 머리를 쓰다듬으며 일어섰습니다.

---

* 반백: 흰색과 검은색이 반반 정도인 머리털

"창을 열기가 너무 어렵다고 생각하지 않으십니까? 우리 궁전 아파트의 특징은 여름엔 창문을 꼭꼭 닫고 살다가 겨울엔 활짝 열어 놓고 사는 것인데, 겨울에 창이 닫혀 있어 봐요. 사람들이 뭐라고 하겠어요? 이건 우리 아파트의 품위에 관계되는 중대한 문젭니다. 물론 아파트값과도 상관이 있는 문제입니다만……."

노교수님이 품위 있게 슬쩍 말끝을 흐렸습니다. 그러나 아파트값을 들먹였다는 것으로 노교수님의 말씀은 단박 사람들의 마음을 사로잡았습니다.

뚱뚱한 여자는 두 가지 쇠붙이를 다 팔아먹을 수 없게 되자 풀이 죽어 제자리에 앉아 버렸습니다.

"제 생각으로는……."

노교수님이 천천히 입을 열었습니다. 사람들의 눈길이 노교수님의 우물대는 입가로 모였습니다.

"제 생각으로는 할머니가 두 분씩이나 왜 갑자기 살고 싶지 않아졌나, 우리는 그걸 먼저 알아야 된다고 생각합니다. 중요한 건 그분들이 목숨을 끊고 싶어 끊었지, 베란다가 있기 때문에 끊은 건 아니라는 겁니다. 목숨을 꼭 끊고 싶으면 베란다 아니라도 끊을 데는 얼마든지 있습니다."

"옳소, 옳소."

젊은 아저씨가 눈을 빛내면서 큰 소리로 동의했습니다.

"그분이 왜 목숨을 끊고 싶었을까, 아는 대로 대답해 주십시오. 먼저 돌아가신 할머니의 따님과 며느님부터……."

교수님은 교수님답게 대답을 기다리지 않고 지적을 합니다. 저번에 돌아가신 할머니는 딸하고 같이 사셨고, 이번에 돌아가신 할머니는 아들하고 같이 사셨답니다. 할머니의 딸과 며느리는 고개를 숙이고 눈물을 닦을 뿐 대답을 못 합니다.

"무엇을 부족하게 해 드리지 않았습니까?"

교수님이 울고 있는 아주머니들을 똑바로 바라보면서 따지듯이 말했습니다.

"아니요, 그런 일 없습니다. 저희 어머니의 방 냉장고에는 늘 그분이 즐기시는 음식으로 가득 채워졌고, 옷장엔 사시장철* 충분히 갈아입을 수 있는 비단옷으로 가득 차 있었습니다. 그분이 돌아가신 후 그걸 다 양로원에 기부했는데, 열 사람의 노인네가 돌아가실 때까지 입을 수 있을 거라고 했습니다. 필요하시다면 그분들을 증인으로 부를 수도 있습니다."

"아, 알겠습니다. 이번엔 며느님에게 변명할 기회를 드리겠습니다."

"저도 마찬가지입니다. 지금도 그분의 방이 그대로 증거로 보존돼 있습니다만, 부족한 건 아무것도 없습니다. 제 방과 똑같은 크기의 방에 제 방에 있는 건 그분의 방에도 다 있습니다. 그분이 한 번도 듣지 않은 전축이나 녹음기도 제 방에 있는 것이기 때문에 그분 방에도 들여놓았었습니다. 그랬건만 그분은 늘 불만이셨습니다."

"바로 그겁니다. 그걸 말씀해 주셔야 합니다."

교수님이 마침내 유도 심문에 성공한 형사처럼 좋아하며 그 아주머니 앞으로 한 발 다가갔습니다.

"그분은 손자를 업어서 기르고 싶어 하셨어요."

"그건 안 되죠. 안짱다리**가 되니까."

"그분은 바느질을 좋아해서 뭐든지 깁고 싶어 하셨어요. 특히 버선을 깁고 싶어 하셨죠."

---

* 사시장철: 사계절 중 어느 때나 늘
** 안짱다리: 두 발끝이 안쪽으로 휜 다리. 또는 두 발끝을 안쪽으로 향하게 하고 걷는 사람

"점점 더 어렵군요. 요새 버선이라니? 더군다나 기워서 신는 버선을 어디 가서 구하겠소?"

"그분은 또 흙에다 뭘 심고, 거름을 주고, 김을 매고 싶어 하셨어요. 그분은 시골에서 자란 분이거든요."

"참으로 참으로 어려운 분이셨군요."

교수님이 낙담을 합니다. 이때 젊은 아저씨가 또 나섭니다.

"이제야 알겠습니다. 그분은 고향이 그리워서 돌아가셨군요."

"저희 어머니는 이 도시가 고향인데도 어느 날 베란다에서 떨어지셨어요."

먼저 돌아가신 할머니의 딸이 젊은 아저씨에게 대들었습니다.

"고향이 시골이 아니어도 마찬가지일 겁니다. 도시에서도 사람 살아가는 모습이 예전보다 너무 많이 달라졌으니까요. 노인들은 예전의 사람 사는 모습이 그리워서 더 이상 살고 싶지가 않았을 겁니다. 그렇지만 제아무리 효자라도 세월을 거꾸로 흐르게 할 수는 없습니다. 이렇게 문명된 세상에 돈 가지고 안 되는 일이 아직도 남아 있다는 것은 참으로 통탄할 일입니다."

젊은 아저씨가 이렇게 결론을 내리자 장내가 숙연해졌습니다.

나는 이번에야말로 내가 나설 차례라고 생각했습니다. 다시 목구멍이 간질간질하고 가슴이 울렁거리고 오줌이 마려웠습니다.

나는 베란다에서 떨어져 목숨을 끊고 싶은 생각을 맨 마지막으로 막아 줄 수 있는 것이 쇠창살이 아니라 민들레꽃이라는 사실을 알고 있음과 마찬가지로, 할머니가 살고 싶지 않아진 것이 세월을 거꾸로 흐르게 할 수 없었기 때문이 아니란 것을 알고 있습니다. 둘 다 상상이나 남에게 들어서 알고 있는 것이 아니라, 스스로 겪어서 알고 있는 것이기 때문에 확실합니다. 나는 어른이 되려면 아직 아직 먼 어린 사람인데도 살고 싶지 않았던 적이 있습니다. 정말입니다.

나는 그것을 말하고 싶은 마음을 참을 수가 없어서 쇠사슬처럼 단단하게 나를 껴안은 엄마의 팔에서 드디어 벗어났습니다. 그리고 회장석이 있는 앞으로 나가려고 했습니다. 꼭꼭 끼여 앉은 어른들을 헤치려니 어떤 아저씨는 어깨를 짚었다고 눈을 부라리고, 어떤 아줌마는 발가락을 밟았다고 비명을 지릅니다. 그러건 말건 나는 반장도 모르는 어려운 문제의 답을 나만이 알고 있을 때처럼 의기양양 신이 나서 사람들을 마구 밀치고 드디어 앞으로 나섰습니다.

그러자 내가 미처 입을 떼기도 전에 회장이 탁자를 탁 치며 호령을 했습니다.

"누굽니까? 도대체 누굽니까? 이런 중대한 모임에 어린이를 데리고 온 분이 누굽니까?"

"죄송합니다. 미안합니다. 얘가 막내라서, 버릇이 없어서……."

어느 틈에 엄마가 따라 나와 나를 치마폭에 싸면서 어쩔 줄을 모릅니다.

"그 아이를 데리고 먼저 퇴장할 것을 회장의 권한으로 허락합니다. 여러분 이의가 없으시겠죠?"

회장이 말했습니다. 모두 이의 없다고, 엄마와 나의 퇴장을 찬성했습니다.

"이 회의에서 앞으로 결정된 일은 서면으로 통지할 테니 빨리 그 애를 데리고 돌아가시오."

저도요, 저도요, 딴 엄마들도 퇴장할 것을 회장한테 허락 맡고자 손을 들었습니다. 사유는 집에 놓고 온 아이가 베란다에서 떨어질까 봐 불안해서 더 이상 회의만 지켜볼 수 없다는 것이었습니다. 회장은 그런 엄마에게도 퇴장을 허락했습니다.

엄마와 나를 선두로 여러 엄마들이 회의장을 물러났습니다. 집에 돌아온 나는 엄마에게 호된 꾸지람을 들었습니다.

나는 꾸지람을 들은 것보다 내가 알고 있는 사실을 발표하지 못한 것이 억울하고 슬펐습니다. 내가 알고 있는 것을 어른들이 귀담아 들어만 주었더라면, 베란다에서 사람이 떨어져 죽는 일을 미리 막는 데 적지 않은 도움이 되었을 것입니다.

내가 지금보다 어렸을 적입니다. 학교에도 가기 전이었으니까요. 어느 날 누나와 형이 학교에서 만든 꽃을 한 송이씩 들고 왔습니다. 내일이 어버이날이라나요. 누나와 형은 또 조그만 선물 꾸러미도 마련해 놓고 있었습니다. 내일 아침 꽃과 함께 엄마, 아빠께 드릴 거라고 했습니다.

그날 밤, 나도 꽃을 만들었습니다. 누나가 쓰던 색종이를 오려서 만든 꽃은 보기에는 누나나 형 것만 훨씬 못해 보였습니다. 그러나 힘들이고 정성 들여 만든 것이기 때문에 엄마, 아빠가 신통

해 하실 것을 믿고 가슴이 잔뜩 부풀어 있었습니다. 선물은 장만하지 않았습니다. 나는 학교를 들어가기 전이라 용돈이 없으니까, 그것으로 엄마, 아빠가 섭섭해 할 리는 없었습니다.

어버이날 아침이 되었습니다. 아침상에서 누나가 먼저 선물과 꽃을 아빠 앞에 내어놓았습니다. 아빠는 누나에게 뽀뽀하고 선물을 풀었습니다. 넥타이핀이 나왔습니다. 아빠는 입이 귀에까지가 닿게 크게 웃으시면서 그 자리에서 넥타이핀을 넥타이에 꽂고, 꽃은 양복 깃에 달았습니다. 아빠의 얼굴이 예식장의 신랑처럼 행복하고 젊어 보였습니다.

다음에는 형이 꽃과 선물을 엄마에게 드렸습니다. 엄마가 형한테 뽀뽀하고 선물을 풀었습니다. 오색찬란한 브로치가 나왔습니다. 엄마는 꺄악 소리를 내면서 좋아하시더니 브로치를 당장 블라우스에 달고, 꽃은 단춧구멍에 끼우셨습니다.

다음은 내 꽃을 드릴 차례입니다. 그러나 형과 누나는 내 차례는 주지도 않고 어버이날 노래를 부르기 시작했습니다. 나는 그 노래를 모르기 때문에 따라 하지 못했습니다.

형과 누나의 노래를 들으며 부끄러워하고 좋아하시는 엄마, 아빠의 모습이 꼭 신랑, 신부처럼 곱고 앳돼 보입니다. 나는 엄마, 아빠가 아무쪼록 오래 아름답고 젊기를 마음속으로부터 바랐습니다. 그런 바람을 전하는 마음으로 나는 점잖게 조용히 나의 꽃을 엄마와 아빠의 사이에 놓았습니다. 꽃을 두 송이 준비할 걸 후회도 했습니다만, 어느 분이 가져도 상관없다고 생각했습니다.

두 분이 함께 쓰는 물건이 한두 가지가 아니기 때문입니다. 두 분께 꽃을 드리고 나자 나는 뽐내고 싶은 마음보다는 부끄러운 마음이 더해서 고개를 숙이고 아침도 먹는 둥 마는 둥 했습니다.

누나와 형은 학교에 갔습니다. 아빠는 꽃을 단 채 출근했습니다. 엄마도 꽃을 단 채 노래를 부르면서 집안일을 했습니다. 나는 놀이터에 나가 놀았습니다.

놀이에 싫증도 나고 배도 고프기에 집에 들어와 냉장고를 열려다 말고 나는 내 꽃을 보았습니다. 내 꽃은 식당 구석에 있는 쓰레기통 속에 과일 껍질과 밥 찌꺼기와 함께 버려져 있었습니다.

그때 엄마는 거실에서 전화를 걸고 있었습니다. 오래간만에 소식을 알게 된 친구로부터 온 전화인가 봅니다. 아이는 몇이나 되나, 친구가 물어본 모양입니다. 엄마는 한숨을 쉬면서 대답했습니다.

"글쎄 셋이란다. 창피해 죽겠지 뭐니. 우리 동창이나 우리 아파트에서 사는 사람들을 아무리 살펴봐도 하나 아니면 둘이지, 셋씩 낳은 사람은 하나도 없더구나. 창피해 얼굴을 들고 다닐 수가 없단다. 어쩌다 군더더기로 막내를 하나 더 낳아 가지고 이 고생인지. 막내만 아니면 내가 지금쯤 얼마나 홀가분하겠니. 막내만 아니면 내가 남부러울 게 뭐가 있니?"

그때 나는 처음으로 엄마에게 내가 필요하지 않다는 사실을 알았습니다. 나에겐 나의 가족이 필요한데, 나의 가족은 나를 필요로 하지 않는다는 것은 견디기 어려운 슬픔이었습니다.

엄마는 늘 나를 막내, 우리 귀여운 막내 하면서 끼고돌았기 때문에 나는 한 번도 엄마가 나를 사랑한다는 것을 의심해 본 적이 없었습니다. 그러나 엄마의 사랑은 거짓이었습니다. 나는 엄마를 진짜로 사랑했는데, 엄마는 나를 거짓으로 사랑했던 것입니다.

나는 말없이 집을 나왔습니다. 계단을 오르고 또 올랐습니다. 마침내 옥상까지 올랐습니다. 옥상에서 내려다보니까 사람들이 개미처럼 작게 보였습니다. 나는 살고 싶지 않다고 생각했습니다. 확실히 그렇게 생각했습니다. 내가 사랑하는 사람들이 내가 없어져 주었으면 하고 바라고 있는데, 무슨 재미로 살아가겠습니까?

나는 옥상에서 떨어지기 위해 밤이 되길 기다렸습니다. 낮에 떨어지면 사람들이 금방 보게 되고 병원에 데리고 가서 살려 놓을지도 모르기 때문입니다. 나는 정말로 살고 싶지 않았기 때문에 밤까지 기다려야 했습니다.

밤을 기다리는 동안 춥지도 않았고 배고프지도 않았습니다.

아파트 광장에 차와 사람의 움직임이 멎자 둥근 달이 하늘 한가운데 와서 옥상을 대낮같이 비춰 주었습니다. 마치 세상에 달하고 나하고만 있는 것 같은 기분이 들었습니다. 그때 나는 민들레꽃을 보았습니다. 옥상은 시멘트로 빤빤하게 발라 놓아 흙이라곤 없습니다. 그런데도 한 송이의 민들레꽃이 노랗게 피어 있었습니다.

봄에 엄마, 아빠와 함께 야외로 피크닉 가서 본 민들레꽃보다

훨씬 작아서 꼭 내 양복의 단추만했습니다만 그것은 틀림없는 민들레꽃이었습니다.

나는 하도 이상해서 톱니 같은 이파리를 들치고 밑동을 살펴보았습니다. 옥상의 시멘트 바닥이 조금 패인 곳에 한 숟갈도 안 되게 조금 흙이 모여 있었습니다. 그건 어쩌면 흙이 아니라 먼지일지도 모릅니다. 하늘을 날던 먼지가 축축한 날, 몸이 무거워 옥상에 내려앉았다가 비를 맞고 떠내려가면서 그곳이 움푹하여 모이게 된 것입니다. 그 먼지 중에 민들레 씨앗이 있었나 봅니다. 싹이 나고 잎이 돋고 꽃이 피게 하기에는 너무 적은 흙이어서 잎은 시들시들하고 꽃은 작은 단추만했습니다. 그러나 흙을 찾아 공중을 날던 수많은 민들레 씨앗 중에서 그래도 뿌리 내릴 수 있는 한 줌의 흙을 만난 게 고맙다는 듯이 꽃은 샛노랗게 피어 달빛 속에서 곱게 웃고 있었습니다.

도시로 부는 바람을 탄 민들레 씨앗들은 모두 시멘트로 포장한 딱딱한 땅을 만나 싹트지 못하고 죽어 버렸으련만, 단 하나의 민들레 씨앗은 옹색하나마 흙을 만난 것입니다. 흙이랄 것도 없는 한 줌의 먼지에 허겁지겁 뿌리 내리고 눈물겹도록 노랗게 핀 민들레꽃을 보자 나는 갑자기 부끄러운 생각이 들었습니다. 살고 싶지 않아 하던 것이 큰 잘못같이 생각되었습니다.

나는 집으로 돌아왔습니다. 온 가족이 나를 찾아 헤매다 돌아와서 슬피 울고 있었습니다. 엄마는 나를 껴안고 엉엉 울면서 말했습니다.

"아무 일도 없었구나, 막내야. 만일 너에게 무슨 일이 있으면 나도 살아 있지 않으려고 했다."

그 일은 그렇게 끝났습니다.

그러나 그 일을 통해 사람은 언제 살고 싶지 않아지나를 알게 된 것입니다. 사람은 사랑하는 사람이 자기를 없어져 줬으면 할 때 살고 싶지가 않아집니다. 돌아가신 할머니의 가족들도 말이나 눈치로 할머니가 안 계셨으면 하고 바랐을 것이 틀림없습니다.

그리고 살고 싶지 않아 베란다나 옥상에서 떨어지려고 할 때 막아 주는 것은 쇠창살이 아니라 민들레꽃이라는 것도 틀림없습니다. 그것도 내가 겪어서 알고 있는 일이니까요.

그러나 어른들은 끝내 나에게 그 말을 할 기회를 안 주었습니다.

2

흰 종이수염

하근찬

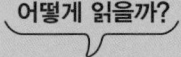

어떻게 읽을까?

① 동길이가 아버지를 바라보는 마음이 어떻게 변하는지 살펴보세요.
② 전쟁이 남긴 상처가 동길이 가족에게 어떤 영향을 미쳤는지 살펴보며, 그들의 삶을 통해 우리 민족이 겪은 아픔을 돌아보세요.

아버지가 돌아오던 날 동길이는 학교에서 공부를 하지 못하고 교실을 쫓겨났다. 다른 다섯 명의 아이와 함께였다.

아이들은 모두 풀이 죽어 있었다. 어떤 아이는 시퍼런 코가 입으로 흘러드는 것도 아랑곳없이 눈만 대고 깜짝거렸고, 입술이 파랗게 질린 아이도 있었다. 여생도* 둘은 찔끔찔끔 눈물을 짜내고 있었다. 축 처진 조그마한 어깨들이 볼수록 측은했다.

그러나 동길이만은 그렇지가 않았다. 그는 두 주먹을 불끈 쥐고 있었다. 양쪽 볼에는 발칵 불만을 빼물고** 있었고, 수박씨만 한 두 눈은 차갑게 반짝거렸다.

'치! 울 엄마 일하는데 어떻게 학교에 오는공. 울 아부지 인제 돈 많이 벌어 갖고 돌아오면 다 줄 낀데 자꾸 지랄같이…….'

동길이는 담임 선생의 처사가 도무지 못마땅하여 속으로 또 한 번 눈을 흘겼다.

쫓겨 나온 교실이 마음에 있다거나 선생님의 교탁 안으로 들어간 책보***가 걱정이 된다거나 해서가 아니었다. 그런 알량한 몇

* 여생도: 중학교 이하의 여학생을 이르던 말
** 빼물다: 거만하거나 성난 태도로 입을 뿌루퉁하게 다물다.
*** 책보: 책가방. 예전에는 보자기로 책을 싸 가지고 다녔다.

권의 헌책 나부랭이, 혹은 사친회비*를 못 내고 덤으로 앉아서 얻어 배우는 치사스러운 공부 같은 것, 차라리 시원했다. 집으로 돌아가서 돈을 가져오라는 호령 따위도 이미 면역이 된 지 오래여서 시들했다. 그러나 돈을 못 가지고 오겠거든 아버지나 어머니를 학교에 데려오라는 데는 딱 질색이었다. 전에 없던 일이었다.

"사람이면 염치가 좀 있어야지, 한두 달도 아니고. 이놈아! 너는 4, 5, 6, 7 넉 달 치나 밀렸잖아. 2학년 올라와서 어디 한 번이나 낸 일 있나? 지금 당장 가서 가져오든지 그러잖음 아버질 데려와!"

냅다 고함을 지르는 바람에 간이 덜렁했으나 동길이는 또렷한 목소리로,

"아부지 집에 없심더."

했다.

"어디 가고 없노?"

"노무자** 나갔심더."

"……."

징용***에 나갔다는 말을 듣자 선생은 잠시 말이 없다가,

"그럼 어머니라도 데려와."

했다. 목소리가 꽤 누그러졌으나, 매정스럽기는 매양 한가지였다.

"안 데려옴 넌 여름 방학 없다. 알겠나?"

"……."

동길이는 대꾸를 하지 않았다. 입을 꼭 다물고 양쪽 볼에 발칵 힘을 주었다. 그리하여 다른 다섯 아이와 함께 책보는 말하자면 차압을 당하고 교실을 쫓겨났던 것이다.

아이들은 땅바닥을 내려다보며 힘없이 운동장을 걸어 나갔다. 여생도 둘은 유난히 단발머리를 떨어뜨리고 걸었다. 목덜미가 따갑도록 햇볕이 쏟아져 내렸다. 맨 앞장을 서서 가던 동길이는 발끝에 돌멩이 하나가 부딪히자 그만 그것을 사정없이 걷어차 버렸다. 마치 무슨 분풀이라도 하는 듯이……. 발가락 끝에 불이 화끈했으나 그는 어금니를 꽉 지르물고 아무렇지도 않은 체했다.

킥! 하고 한 아이가 웃음을 터뜨리자 다른 아이들도 따라서 낄낄 웃었다. 어쩐지 모두 속이 시원했던 것이다.

그러나 누가 먼저 뒤를 돌아보았는지 모른다. 웃음은 일제히 뚝 그치고 말았다. 그들을 쫓아낸 얼굴이 창문 밖으로 이쪽을 내다보고 있었던 것이다. 여섯 개의 가느다란 모가지가 도로 움츠러들지 않을 수 없었다.

교문을 나서자 아이들은 움츠렸던 목을 쑥 뽑아 들고 다시 교실 쪽을 돌아보았다. 이제 선생님의 얼굴은 보이지 않고, 장단을 맞추어 구구를 외는 소리만이 우렁우렁 창밖으로 울려 나왔다.

사—이는 팔, 사—삼 십이, 사—사 십육…….

동길이는 별안간 무슨 생각이 났는지 오른쪽 주먹을 왼쪽 손아귀로 가져가더니 그만 힘껏 안으로 밀어내며,

"요놈 먹어라!"

하는 것이었다. 감자를 한 개 내질러 준 것이다. 그리고 후닥닥 몸을 날렸다. 뺑소니를 치면서도 냅다,

"사오 이십, 사륙은 이십사, 사칠은 이십팔……."

하고, 고함을 질러댔다.

다른 아이들도 와아 환호성을 울리며 덩달아 사방으로 흩어져 갔다. 군용 트럭이 한 대 뿌연 먼지를 날리며 달려오고 있었다.

"오-이는 십, 오-삼 십오, 오-사 이십……."

동길이는 중얼중얼 구구를 외면서 신작로를 걸었다. 이마에 맺힌 땀이 뺨을 타고 까만 목줄기로 흘러내렸다.

"아아, 덥다."

동길이는 손등으로 아무렇게나 땀줄기를 훔쳤다.

읍 들머리*에 냇물이 흐르고 있었다. 물 밑에 깔린 자갈들이 손에 잡힐 듯 귀물스럽게** 떠올라 보이는 맑은 시내였다. 그 위로 인도교와 철교가 나란히 지나가고 있었다.

다리에 이르자 동길이는 아래를 내려다보았다.

"히야, 용돌이 짜식, 벌써 멱 감고 있대이. 학교는 그만두고 짜

* 들머리: 들어가는 입구
** 귀물스럽다: 귀중한 물건인 듯하다.

식 참 좋겠다."

그리고 쪼르르 강둑을 굴러 내려갔다.

동길이를 보자 용돌이는 물속에서 배꼽을 내밀며,

"동길아! 인마 니 핵교는 안 가고, 히히히……."

웃어댄다.

"갔다 왔어. 짜식아."

"무슨 놈의 핵교를 그렇게 빨리 갔다 오노?"

"돈 안 가져왔다고 안 쫓아내나."

"뭐, 돈?"

"그래, 사친회비 안 냈다고 집에 가서 어무이를 데려오라 안 카나."

"지랄이다 지랄. 그런 놈의 핵교 뭐 할라꼬 댕기노. 나같이 때리챠 버리라구마."

"그렇지만 인마 학교 안 댕기면 높은 사람 못 된다. 아나?"

"개똥이다 캐라. 흐흐흐……."

그리고 용돌이는 개구리처럼 가볍게 물속으로 잠겨 버린다. 동길이는 물기슭에 서서 때에 절은 러닝셔츠와 삼베 바지를 홀랑 벗어 던졌다.

이때,

"꽤애액!"

기적 소리도 요란하게 철교 위로 기차가 달려들었다. 북쪽에서 내려오는 기차였다. 동길이는 까만 고추를 달랑거리며 후닥닥 철교 쪽으로 뛰었다. 용돌이란 놈도 물에서 뿔뿔 기어 나왔다.

커더덩커더덩…… 철교가 요란하게 울리고, 그 위로 시커먼 기차가 바람을 일으키며 신나게 달려간다. 차창마다 사람들이 이쪽을 내려다보고 있다. 어떤 창구에는 철모를 쓴 국군 아저씨가 담배 연기를 푸우 내뿜고 있는 것이 보인다. 동길이는 저도 모르게 두 손을 번쩍 쳐들었다.

"만세이!"

그리고 용돌이를 돌아보았다. 용돌이란 놈은 까닭도 없이 대고 주먹으로 감자를 내지르고 있다. 고약한 놈이다.

동길이는 웬일인지 기차만 보면 좋았다.

'울 아부지도 저런 차를 타고 척 돌아올 끼라. 울 아부지 빨리 돌아왔으면 좋겠다.'

사라져 가는 기차 꽁무니를 바라보며 동길이는 잠시 노무자로 나간 아버지 생각에 가슴이 뻐근했다. 그러나 얼른,

"용돌아 인마, 내기할래?"

고함을 지르면서 후닥닥 몸을 날렸다. 풍덩! 물소리와 함께 까

만 몸뚱어리가 미끄러이 물속으로 자맥질해* 들어갔다. 용돌이도 뒤따라 풍덩! 물 밑으로 잠긴다.

물고기들 부럽잖게 얼마나 놀았는지 모른다. 뚜우 하고 정오를 알리는 사이렌 소리가 울려 왔을 때에야 동길이는 물에서 나왔다. 배가 홀쭉했다. 주섬주섬 옷가지를 주워 걸치며,

"짜식아, 그만 안 갈래?"

용돌이를 돌아보았다. 용돌이란 놈은 무슨 물고기 삼신인 듯 아직도 나올 생각을 않고 풍덩거리며 벌쭉벌쭉 웃고만 있다.

"배 안 고프나?"

"배사 고프다. 그렇지만 인마, 집에 가야 밥이 있어야지. 너거 집엔 오늘 점심 있나?"

"몰라, 있을 끼다."

"정말이가?"

"짜식아, 있으면 니 줄까 봐."

그리고 동길이는 타박타박 자갈밭을 걸었다.

다리를 지날 때 후끈한 바람결에 난데없이 노랫소리가 흘러왔다. 극장에서 울려 나오는 스피커 소리였다. 이 무더운 대낮에 누가 극장엘 가는지 모르지만 그래도 사람을 끌어모으려고, 아리랑 시리랑…… 하고 악을 써 쌓는다.

그러나 동길이는 배가 고파서 그런 건 도무지 흥이 나질 않았

---

* 자맥질하다: 물속에서 팔다리를 놀리며 떴다 잠겼다 하다.

다. 오늘따라 왜 이렇게 시장기가 치미는지 알 수 없었다. 너무 오래 멱을 감은 탓일까? 타박타박 옮기는 걸음이 자꾸 무거워만 갔다.

집 사립문 앞에 이르자 동길이는 흠칫 그 자리에 멈추어 섰다. 마루에 벌렁 드러누워 있는 사람이 있었던 것이다.

어머니도 아니었다. 남자였다.

동길이는 조심조심 사립 안으로 걸어 들어갔다. 어머니는 부엌문 앞에서 무엇을 북북 치대고 있었다. 인기척에 후딱 뒤를 돌아본 어머니는 마루에 누워 있는 사람을 눈으로 가리켰다. 어머니의 두 눈에는 슬픈 빛이 서려 있었다. 동길이는 어찌된 영문인지 알 수가 없었다. 그러나 마루에 누워 있는 사람이 누구라는 것을 알아챘다.

"아부지!"

동길이는 얼른 누워 있는 아버지 곁으로 가까이 갔다. 아버지는 자고 있었다. 그러나 동길이는 아버지를 향해 꾸뻑 절을 했다.

'아까 그 기차를 타고 오신 모양이지. 헤 참, 그런 줄 알았으면 얼른 집에 올걸 가따가야…….'

꼬박 2년 만에 돌아온 아버지……. 동길이는 조심히 아버지의 얼굴을 들여다보았다. 꺼멓게 탄 얼굴에 움푹 꺼져 들어간 두 눈자위, 그리고 코 밑이랑 턱에는 수염이 지저분했다. 목덜미로 식은땀이 흐르고 있었고, 입 언저리에는 파리 떼가 바글바글 엉켜 붙어 있었다. 그러나 아버지는 그런 줄도 모르고 푸푸 코를 불면서 자고만 있다. 동길이는 파리란 놈들을 쫓았다.

어머니가 조심스러운 눈길로 동길이를 힐끗 돌아본다. 집에 와서 갈아입었는지 아버지의 입성*은 깨끗했다. 징용에 나가기 전, 목공소에 다닐 때 입던 누런 작업복 하의에 삼베 셔츠……. 그런데,

"에!"

이게 웬일일까?

동길이는 두 눈이 휘둥그레지고, 입이 딱 벌어졌다. 그러나 어머니는 동길이의 놀라는 모습을 돌아보지 않고 후유 한숨을 쉴 따름이었다. 동길이는 떨리는 손으로 한쪽 소맷부리를 들추어 보았다.

없다. 분명히 없다.

동길이는 어머니를 향해 소리쳤다.

"어무이, 아부지 팔 하나 없다."

"……."

"팔 하나 없어. 팔!"

"……."

"잉?"

"……."

말없이 돌아보는 어머니의 두 눈에는 눈물이 홍건히 괴어 있었다.

---

* 입성: '옷'의 속된 말

동길이는 아버지가 슬그머니 무서워지는 것이었다.

어머니 곁으로 가서 부엌문에 붙어 서서도 곧장 아버지의 한쪽 소맷자락을 힐끗힐끗 건너다보았다.

어머니는 또 한 번 후유 한숨을 쉬면서 함지박을 들고 부엌으로 들어갔다. 밀가루 수제비를 뜨는 것이었다. 어머니의 손끝에서 똑똑 떨어져서 부글부글 끓어오르는 물속으로 들어가는 수제비를 바라보자 동길이는 배에서 꼬르르 소리가 났다. 꿀꺽 침을 삼켰다. 아버지의 팔뚝 생각 같은 것은 이미 없었다.

수제비를 떠서 두 그릇 상에 받쳐 들고 어머니가 부엌을 나오자 동길이는 앞질러 마루로 올라갔다. 아버지는 아직 쿨쿨 자고 있었다. 아버지의 한쪽 소맷자락이 눈에 띄자 동길이는 다시 흠칫했다.

"보이소 예! 그만 일어나이소. 점심 가져왔구마."

어머니가 흔들어 깨우는 바람에 아버지는,

"으으윽."

한 개밖에 없는 팔을 내뻗어 기지개를 켜며 부스스 일어났다. 동길이는 저도 모르게 뒤로 한 걸음 물러섰다. 그리고 얼른 아버지를 향해 절을 하기는 했으나, 겁을 집어먹은 듯이 눈이 둥그레졌다. 아버지는 동길이를 보더니,

"으으……. 핵교 잘 댕깄나? 어무이 말 잘 듣고?"

그리고 아아윽! 커다랗게 하품이었다.

점심상을 가운데 놓고 아버지와 동길이가 마주 앉았다. 그 곁

에 어머니는 뚝배기를 마룻바닥에 놓고 앉았다.

　몰씬몰씬 김이 오르는 수제비죽…… 동길이는 목젖이 튀어나오는 것 같았다. 후딱 숟가락을 들었다. 그리고 그 뜨끈뜨끈한 놈을 푹 한 숟갈 떠 올리기가 무섭게 아가리를 짝 벌렸다. 아버지도 숟가락을 들었다. 왼쪽 손이었다. 없어진 팔이 하필이면 오른쪽이었던 것이다. 어머니는 그것을 보자 이마에 슬픈 주름을 잡으며 얼른 외면을 했다. 그러나 동길이는 수제비를 퍼 올리기에 바빠서 아버지의 남은 손이 왼손인지 오른손인지 그런 덴 도무지 관심이 없는 듯했다.

　돼지새끼처럼 한참을 그렇게 퍼먹고 나서야 좀 숨을 돌리는 듯 동길이는 힐끗 아버지를 거들떠보았다. 아버지의 숟가락질은 도무지 서툴기만 했다.

　'아부지 팔이 하나 없어져서 참 큰일 났제. 저런! 오른쪽 팔이 없어졌구나. 우짜다가 저랬는고이?'

　그리고 동길이는 남은 국물을 훌훌 마저 들이마셨다. 콧등에 맺힌 땀방울이 또르르 굴러 내린다.

　"아아."

　이제 좀 살겠다는 것이다.

　이튿날 아침,

　"동길아, 학교 가자아!"

　사립문 밖에서 부르는 소리가 났다. 이웃에 사는 창식이었다.

"동길아, 학교 안 갈래?"

동길이는 가만히 마루로 나와 신을 찾았다.

이때, 뒷간에서 나온 동길이 아버지가 한 손으로 을씨년스럽게*
고의춤을 여미면서,

"누구냐! 이리 들어와서 같이 가거라."

했다.

창식이가 들어섰다. 창식이는 동길이 아버지를 보자 냉큼 허리
를 꺾었다. 그리고 동길이 아버지의 팔뚝이 없는 소맷자락으로
눈이 가자 희한한 것이라도 발견한 듯 두 눈이 번쩍 빛났다.

동길이는 신을 신고 조심조심 마당으로 내려섰다. 아버지는 동
길이를 보고,

"길아! 니 책보 우쨌노?"

"……."

동길이는 얼른 대답이 나오질 않았다. 마치 저에게 무슨 잘못
이라도 있는 것처럼…….

"응? 책보 우쨌어?"

그러자 옆에서 창식이란 놈이 가벼운 조동아리를 내밀었다.

"빼앗깄심더."

"빼앗기다니 누구한테?"

"선생님한테예."

---

* 을씨년스럽다: 보기에 날씨나 분위기 따위가 몹시 스산하고 쓸쓸한 데가 있다.

"뭐, 선생님한테?"

"예."

"와?"

"사친회비 안 낸 아이들은 다 빼앗고 집에 쫓았심더. 사친회비
안 가져온 사람은 방학도 없답니더."

"……."

동길이 아버지는 입술이 파랗게 굳어져 갔다.

"아부지."

동길이가 입을 떼었다.

"아부지, 나 학교 안 댕길랍니더."

"뭐?"

"때리챠 버릴랍니더."

"음—."

아버지의 입에서는 무거운 신음 소리가 새어 나왔다. 그리고 왈칵 성이 복받치는 듯,

"까불지 말고 빨리 갓!"

하고, 고함을 질렀다. 부엌에서 설거지를 하고 있던 어머니가 눈을 휘둥그레 가지고 바라본다.

동길이와 창식이는 어깨를 나란히 하고 걸었다. 다리를 건너면서 창식이가,

"동길아, 느그 아부지 팔 하나 없어졌제?"

했다.

"……."

"노무자로 나가서 그랬제?"

"……."

"팔이 하나 없어져서 어떻게 목수질하노? 인제 못하제, 그제?"

"몰라! 이 짜식아."

동길은 발끈해졌다. 눈꺼풀이 파르르 떨렸다. 곧 한 대 올려붙일 기세였다.

창식이는 겁을 집어먹고 한 걸음 떨어져 섰다. 그리고 두 눈을 대고 껌벅거렸다.

창식이는 내빼듯이 똑바로 학교로 갔으나, 동길이는 다리를 건너자 강둑을 굴러 내려갔다.

용돌이가 아직 보이지 않았으나, 그런대로 동길이는 옷을 벗

었다.

　대낮이 가까워졌을 무렵, 동길이는 아이들이 떠들어대는 소리를 듣고, 다리 위를 쳐다보았다.

　"외팔뚝이-."

　"하나, 둘, 셋!"

　"외팔뚝이-."

　다리 난간에 붙어 서서 이쪽을 내려다보며 소리를 모아 고함을 질러대는 아이들은 틀림없는 자기 학급 아이들이었다. 동길이는 귀뿌리*를 한 대 얻어맞은 듯했다. 동길이가 쳐다보자 이번엔 한 놈씩 차례차례 고함을 질러 나간다.

　"똥길이 즈그 아부지 외팔뚝이-."

　"외팔뚝이 새끼 모욕**하네-."

　"학교는 안 오고 모욕만 하네-."

　맨 마지막으로,

　"외팔뚝이 오늘 학교 왔더라-."

하는 소리는 어딘지 모르게 속으로 기어들어 가는 소리였다. 그리고 살금 아이들 뒤로 숨어 버리는 것이 아닌가. 창식이란 놈이 틀림없었다.

　동길이는 온몸에 쥐가 나는 듯했다. 치가 떨렸다. 부리나케 밖으로 헤엄쳐 나온 그는 후닥닥 돌멩이를 집어 들었다. 돌멩이는

---

* 귀뿌리: 귓바퀴가 뺨에 붙은 부분
** 모욕: '목욕'의 옛말. 또는 경상도 방언

다리 난간을 향해서 핑핑 날았다. 그러나 한 개도 거기까지 가서 닿지는 않았다.

다리 위에서는 와아 환호성을 올리며 좋아라 하고 웃어댄다. 그리고 어떤 놈이 뱉었는지 침이 날아왔다.

약이 오를 대로 오른 동길이는 두 손에 돌멩이를 발끈 쥐고 그냥 막 자갈밭을 내달았다. 강둑을 뛰어올라 다리를 향해 마구 달리는 것이었다. 빨간 알몸뚱이가 마치 다람쥐 같았다.

욕지거리를 퍼부어 쌓던 아이들은 큰 소리로 웃어대면서 우르르 도망을 친다. 도저히 따를 만한 거리가 아니었다. 팔매*가 가서 닿을 만한 거리도 아니었다. 그러나 동길이는 손에 쥔 돌멩이를 힘껏 내던졌다.

분해서 견딜 수가 없었다.

"짜식들, 어디 두고 보자. 창식이 요놈 새끼, 죽여 버릴 끼다. 요놈 새끼……."

그날 저녁 동길이는 아버지에게 되게 꾸지람을 들었다.

아버지는 어디에서 술을 마셨는지 얼굴이 벌겋게 익어 가지고 비칠비칠 사립문을 들어서더니 대뜸,

"길이 이놈 어디 갔노, 응?"

하고, 소리를 질렀다. 손에 웬 책보 하나와 흰 종이를 포개 쥐고

---

* 팔매: 작고 단단한 돌 따위를 손에 쥐고, 팔을 힘껏 흔들어서 멀리 내던짐. 또는 그런 물건

있었다.

마루에서 저녁을 먹고 있던 동길이와 어머니는 눈이 둥그레졌다.

"아, 이놈 여깄구나. 니 오늘 어디 갔더노? 핵교 안 가고, 어딜 싸돌아댕깄노? 응?"

마루에 올라와 덜커덩 엉덩방아를 찧으며 눈알을 부라렸다.

"아이구, 어디서 저렇게 술을……."

어머니는 혼잣말처럼 중얼거리며 밥상을 가지러 일어선다.

"아, 오늘 김 주사가 한턱 내더라. 우리 목공소 주인 김 주사가 말이지, 징용 나가서 고생 많이 했다고 한턱 내더라니까. 고생 많이 했다고……. 팔뚝을 하나 나라에 바쳤다고……. <u>으흐흐흐흐</u>……."

그러고는 또,

"이놈! 너 오늘 와 핵교 안 갔노? 응? 돈이 없어서 안 갔나? 응? 응? 이 못난 자식아! 뭐 핵교를 안 댕기겠다고?"

하고 마구 퍼부어댄다.

"이놈아, 오늘 내가 핵교에 갔다. 핵교에 갔어. 너거 선생 만나서 다 얘기했다. 이 봐라, 이놈아! 내 팔이 하나 안 없어졌나. 이것을 내보이면서 다 얘기하니까 너거 선생 오히려 미안해서 죽을라 카더라. 죽을라 캐. 봐라, 이렇게 책보도 안 받아 왔는강."

아버지는 책보를 동길이 앞에 불쑥 내밀었다. 동길이는 책보와 흰 종이를 한꺼번에 받아 안으며 모가지를 움츠렸다.

"이놈아, 아부지가 징용에 나갔다고 선생님한테 와 말을 못 하노. 아부지가 돌아오면 다 갖다 바치겠다고 와 말을 못 하노 말이다. 입은 뒀다가 뭐 할라카는고?"

"아부지 노무자 나갔다고 캤심더."

동길이는 약간 보로통해졌다.

"뭐, 이놈아? 니가 똑똑하게 말을 못 했으니까 그렇지. 병신 자식같으니……."

어머니가 밥상을 들고 와서 아버지 앞에 놓으며,

"자아, 그만하고 어서 저녁이나 드이소."

했다. 아버지는 숟가락을 들었다. 그러나 밥을 떠 올릴 생각은 않고 연방 떠들어댄다.

"내가 비록 이렇게 팔이 하나 없어지긴 했지만, 이놈아 니 사친회비 하나를 못 댈 줄 아나? 지금까지 밀린 것 모두 며칠 안으로 장만해 준다. 방학할 때까진 어떠한 일이 있어도 장만해 준단 말이다. 오늘 너거 선생한테도 그렇게 약속했다. 문제 없단 말이다. 애비의 이 맘을 알고 니가 더 열심히 핵교에 댕겨야지, 나 핵교 때리챠 버릴랍니더가 다 뭐고? 이눔으 자식, 그게 말이라고 하는 기가?"

동길이는 그만 울먹울먹해졌다. 그러나 한사코 눈물을 흘리지는 않았다.

아버지는 밥을 몇 숟갈 입에 떠 넣다가 별안간 또 무슨 생각이 났는지 이번에는 어머니에게,

"이봐, 나 오늘 취직했어, 취직. 손이 하나 없으니까 목수질

은 못하지만 그래도 다 써먹을 데가 있단 말이여. 써먹을 데가……."

정말인지 거짓부렁인지 알 수 없는 소리를 대고 주워섬긴다*.

"아니, 참말로 카능교? 부로 카능교?"

"허, 부로 카긴 와 부로 캐. 내가 언제 거짓말하더나?"

"……."

"극장에 취직이 됐어. 극장에……."

"뭐 극장에요?"

"그래 와, 나는 극장에 취직하면 안 될 사람이가? 그것도 다 김 주사, 우리 오야붕** 덕택이란 말이여. 팔뚝을 한 개 나라에 바친 그 덕택이란 말이여. 으흐흐흐……. 내일 나갈 적에 종이로 쉬염(수염)을 만들어 갖고 가야 돼. 바로 이 종이가 쉬염 만들 종이 앙이가."

동길이가 책보와 함께 받아 가지고 있는 흰 종이를 숟가락으로 가리켰다.

때마침 저녁 손님 부르는 극장의 스피커 소리가 우렁우렁 울려 왔다.

"을씨구, 저 봐라, 우리 극장 선전이다. 이래 봬도 나도 내일부턴 극장 직원이란 말이여, 직원. 으흐흐……."

그러고는 벌떡 일어서서 흘러오는 스피커의 노랫소리에 맞추

---

* 주워섬기다: 들은 대로 본 대로 이러저러한 말을 아무렇게나 늘어놓다.
** 오야붕: 패거리의 우두머리

어 우쭐우쭐 춤을 추기 시작했다. 하나밖에 없는 팔을 대고 내저
으며 제법 궁둥이까지 흔들어댄다. 꼴불견이다.

동길이는 낄낄낄 웃었다. 그러나 어머니는 이맛살을 찌푸리며,

"아이구, 무슨 놈의 술을 저렇게도 마셨노. 쯧쯧쯧……."

혀를 찼다.

아리아리랑 시리시리랑…… 하고 돌아 쌓던 아버지는 그만 방
아랫목에 가서 벌떡 드러누우며,

"아으흐-."

하고 괴로운 소리를 질렀다.

"밥 그만 잡숫능교?"

어머니가 묻자,

"안 먹을란다."

했다.

그리고 잠시 후 아버지는 훌쭉훌쭉 느끼기* 시작하는 것이었다. 두 눈에서 솟구친 눈물이 양쪽 귓전으로 추적추적 걷잡을 수 없이 흘러내렸다. 동길이는 도무지 어찌된 영문인지 알 수가 없었다. 그러면서도 덩달아 코끝이 매워 왔다.

부엌에서 달그락거리는 소리에 동길이는 눈을 떴다. 어느새 아버지는 일어나 윗목에 쭈그리고 앉아 뭣을 열심히 만지작거리고 있었다.

동길이는 발딱 몸을 일으켰다. 모기에 물려 부르튼 자리를 득득 긁으면서 아버지 곁으로 다가갔다.

아버지는 가위질을 하고 있었다. 두 발로 종이를 밟고, 왼쪽 손에 든 가위로 을씨년스럽게 그것을 오리고 있는 것이었다.

"아부지, 그거 뭐 합니꺼?"

"쉬염 만든다 안 카더나. 어젯밤에 안 카더나."

"쉬염 만들어서 뭐 하는데예?"

---

* 느끼다: 흐느끼다. 서럽거나 감격에 겨워 울다.

"넌 알 끼 아니다."

"……."

"요렇게 좀 삐져나도고."

동길이는 아버지한테서 가위를 받아 쥐고 종이를 국수처럼 가닥가닥 오려 나갔다. 그리고 아버지가 시키는 대로 그것을 실로 꿰매기 시작했다.

어머니가 밥상을 들고 들어왔을 때는 한 다발의 흰 종이수염이 제법 그럴 듯하게 만들어졌다. 어머니는 밥상을 놓으며,

"그걸로 대체 뭐 하는 게? 광대놀음 하는 게?"

했다.

"광대놀음? 흐흐흐……."

아버지는 서글피 웃었다.

창식이란 놈이 부르러 올 리 없었다. 그러나 동길이는 밥숟갈을 놓기가 바쁘게 책보를 들고 일어섰다. 아버지도 방구석에 걸린 낡은 보릿짚 모자를 벗겨서 입으로 푸푸 먼지를 부는 것이었다.

책보를 옆구리에 낀 동길이가 앞서고, 종이로 만든 수염을 손에 든 아버지가 뒤따라 집을 나섰다.

아버지와 동길이는 삼거리에서 헤어졌다. 헤어질 때, 아버지는 동길이에게,

"걱정 말고 꼭 핵교에 가거래이, 응?"

다짐을 했고 동길이는,

“예!”

또렷한 목소리로 대답을 했다.

동길이는 선생님을 대하기가 매우 거북스러웠다. 그러나 선생님은 별로 못마땅해하는 기색이 없이,

“결석하면 안 된다. 알겠나?”

예사로 한 마디 던질 뿐이었다.

학급 아이들이야 뭐라건 그런 건 조금도 두려울 게 없었다. 감히 동길이 앞에서 뭐라고 빈정거릴 만한 아이도 없기는 했지만……. 그만큼 동길이의 수박씨만한 두 눈은 반짝거렸고, 주먹은 야무졌던 것이다.

동길이가 등교를 하자 창식이는 고양이를 피하는 쥐새끼처럼 곧장 눈치를 살피며 아이들 뒤로 살금살금 돌아가는 것이었다. 어제 일을 생각하면 창식이란 놈을 당장 족쳐 버렸으면 싶었으나, 동길이는 웬일인지 오늘은 얼른 그런 용기가 나지 않았다. 사친회비를 못 가져와서 아무래도 선생님의 눈치가 보이는 탓인지, 혹은 어제 팔 하나 없는 아버지가 학교에 왔었다는 그 때문인지, 아무튼 어깨가 벌어지지 않았다.

동길이는 얌전히 앉아서 네 시간을 마쳤다.

동길이네 분단이 청소 당번이었다. 시간이 끝나자 창식이들은 우르르 집으로 돌아갔고, 동길이네는 빗자루를 들었다.

청소가 끝나자 동길이는 책보를 옆구리에 끼고 교실을 뛰쳐나왔다. 운동장에는 뙤약볕이 훅훅 쏟아지고 있었다. 찌는 듯 무더

웠다.

'시원한 아이스케이크라도 한 개 먹었으면…….'

동길이는 이런 생각을 하며 침을 꿀꺽 삼켰다. 배도 고파 왔다. 이마에 맺히는 땀을 씻으며 타박타박 신작로를 걸었다. 냇물로 내려갈까 했으나, 아침에 먹다 남겨 놓은 밥사발이 눈앞에 어른 거려 그냥 똑바로 다리를 건넜다.

삼거리에 이르렀을 때였다. 동길이는 눈이 번쩍 뜨였다. 참 희한한 것을 보았기 때문이다.

저만큼 먼 거리였으나 얼른 보아 그것이 무슨 광고판이라는 것을 알 수 있었다. 가마니 한 장만이나 한 크기일까? 그런 광고판이 길 한가운데를 이쪽으로 걸어오고 있는 것이었다. 그 움직이는 광고판을 따라 우르르 아이들이 떠들어대며 몰려오고 있었다.

동길이는 저도 모르게 뛰고 있었다. 차츰 가까워지면서 보니 그것은 틀림없는 광고판이었다. 그러나 그 광고판에는 다리가 두 개 달려 있고, 머리도 하나 붙어 있었다.

사람이었다. 사람이 가슴 앞에 큼직한 광고판을 매달고 걸어오고 있는 것이었다. 등에도 똑같은 광고판을 짊어지고 있는 듯했다. 머리에는 알롱달롱하고 쭈뼛한 고깔을 쓰고 있었고, 얼굴에는 밀가룬지 뭔지 모를 뿌연 분이 덕지덕지 칠해져 있었다. 그리고 턱에는 수염이 허옇게 나부끼고 있었다. 아주 늙은 노인인 것 같기도 했고, 어찌 보면 그렇지 않은 듯도 했다.

이 희한한 사람이 간간이 또 메가폰을 입에다 갖다 대고, 뭐라고 빽빽 소리를 질러대는 것이 아닌가. 재미있는 구경거리가 아닐 수 없었다.

"아아 오늘 밤의, 아아 오늘 밤의 활동사진*은 쌍권총을 든 사나이. 아아 쌍권총을 든 사나이. 많이 구경하러 오이소! 많이 많이 구경하러 오이소!"

그러고는 쑥스러운 듯 얼른 메가폰을 입에서 떼어 버리는 것이었다. 그럴라치면 이번에는 아이들이 제가끔 목소리를 돋우어,

"아아 오늘 밤에는 쌍권총을 든 사나이."

"아아 쌍권총을 든 사나이, 구경하러 오이소."

"아아 오늘 밤에 많이 많이 구경하러 오이소."

하고, 떠들어댔다.

동길이는 공연히 즐거웠고, 가슴이 울렁거렸다. 우뚝 멈추어 서서 우선 광고판의 그림부터 바라보았다.

시커먼 안경을 낀 코쟁이가 큼직한 권총을 두 자루 양쪽 손에 쥐고 있는 그림이었다. 노란 머리카락과 새파란 눈깔을 가진 여자도 하나 윗도리를 거의 벗은 것처럼 하고 권총을 든 사나이 등 뒤에 납작 붙어 있었다. 괴상한 그림이었다.

"아아 쌍권총을 든 사나이. 아아 오늘 밤의 활동사진은 쌍권총을 든 사나이. 많이 구경 오이소! 많이 많이 구경 오이소!"

---

* 활동사진: 영화의 옛 용어로, 움직이는 사진이라는 뜻

그리고 메가폰을 입에서 뗀 그 희한한 사람의 시선이 동길이의 시선과 마주쳤다.

순간 동길이의 가슴이 철렁 내려앉고 말았다. 뒤통수를 야물게 한 대 얻어맞은 것 같았다. 그리고 눈물이 핑 돌았다. 어처구니가 없었다.

그 희한한 사람이 바로 아버지였던 것이다.

아버지는 동길이와 눈이 마주치자 약간 멋쩍은 듯했다. 그러고는 얼른 시선을 돌려 버리는 것이었다. 동길이는 코끝이 매워 오며 뿌옇게 눈앞이 흐려져 갔다.

아이들은 더욱 신명이 나서 떠들어댄다.

"아아 오늘 밤에는 쌍권총입니다."

"아아 쌍권총을 든 사나이 재미가 있습니다."

이런 소리에 섞여 분명히,

"동길아! 느그 아부지다. 느그 아부지 참 멋쟁이다."

하는 소리가 동길이의 귓전을 때렸다. 용돌이란 놈의 목소리에 틀림없었다.

동길이는 온몸의 피가 얼굴로 치솟는 듯했다. 주먹으로 아무렇게나 눈물을 뿌리쳤다. 뿌옇던 눈앞이 확 트이며 얼른 눈에 들어온 것은 소리를 지른 용돌이가 아닌 창식이란 놈이었다. 요놈이 나무 꼬챙이를 가지고 아버지의 수염을 곧장 건드리면서,

"진짜 앙이다야. 종이로 만든 기다, 종이로."

하고, 켈켈 웃어 쌓는 것이 아닌가.

동길이는 가슴속에 불이 확 붙는 것 같았다. 순간 동길이의 눈은 매섭게 빛났다. 이미 물불을 가릴 계제*가 아니었다.

살쾡이처럼 내달을 따름이었다.

"으악!"

비명 소리와 함께 길바닥에 나가떨어진 것은 물론 창식이었다. 개구리처럼 뻗었다. 그러나 동길이는 그 위에 덮쳐서 사정없이 마구 깔고 문댔다.

"아이크, 아야야야…… 캥!"

창식이의 얼굴은 떡이 되는 판이었다.

아이들은 덩달아서 와아와아 소리를 지르며 떠들어댔다.

동길이 아버지는 두 눈이 휘둥그레지며 손에서 메가폰을 떨어뜨렸다. 어찌된 영문인지 알 수가 없었다.

창식이는 이제 소리도 제대로 지르지 못하고 윽! 윽! 넘어가고 있었다.

"와 이카노? 와 이카노? 잉? 와 이캐?"

동길이 아버지는 후닥닥 광고판을 벗어 던졌다. 그리고 하나 남은 손을 대고 내저으며 어쩔 줄을 몰라 했다. 턱에 붙였던 수염의 실밥이 떨어져서 흰 종이수염이 가슴 앞에 매달려 너풀너풀 춤을 춘다.

"이눔으 자식이 미쳤나, 와 이카노, 와 이캐 잉?"

---

* 계제: 셈을 따져서 제외할 것을 제함.

3

사랑손님과 어머니

주요섭

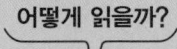

어떻게 읽을까?

① 이야기를 어린아이의 시선으로 관찰하여 전달함으로써 얻는 효과에 대해 생각해 보세요.
② 어머니가 처한 현실을 살펴보고, 당시의 사회적 관습이 등장인물들의 관계와 행동에 어떤 영향을 미치는지 생각해 보세요.

1

　나는 금년 여섯 살 난 처녀애입니다. 내 이름은 박옥희이구요. 우리 집 식구라고는 세상에서 제일 예쁜 우리 어머니와 나 단 두 식구뿐이랍니다. 아차 큰일 날 뻔했군, 외삼촌을 빼놓을 뻔했으니.

　지금 중학교에 다니는 외삼촌은 어디를 그렇게 싸돌아다니는지 집에는 끼니때나 외에는 별로 붙어 있지를 않으니까 어떤 때는 한 주일씩 가도 외삼촌 코빼기도 못 보는 때가 많으니까요. 깜박 잊기도 예사지요, 무얼.

　우리 어머니는 그야말로 세상에서 둘도 없이 곱게 생긴 우리 어머니는 금년 나이 스물세 살인데 과부랍니다. 과부가 무엇인지 나는 잘 몰라도 하여튼 동리 사람들은 나더러는 '과부의 딸'이라고들 부르니까 우리 어머니가 과부인 줄을 알지요. 남들은 다 아버지가 있는데 나만은 아버지가 없지요. 아버지가 없다고 아마 '과부 딸'이라나 봐요.

2

외할머니 말씀을 들으면 우리 아버지는 내가 이 세상에 나오기
한 달 전에 돌아가셨대요. 우리 어머니하고 결혼한 지는 1년 만이
고요. 우리 아버지의 본집은 어디 멀리 있는데 마침 이 동리 학교
에 교사로 오게 되기 때문에 결혼 후에도 우리 어머니는 시집으
로 가지 않고 여기 이 집을 사고(바로 이 집은 우리 외할머니 댁 뒷집
이지요.) 여기서 살다가 1년이 못 되어 갑자기 죽었대요. 내가 세
상에 나오기도 전에 아버지는 돌아가셨다니까 나는 아버지 얼굴
도 못 뵈었지요. 그러기에 아무리 생각해 보아도 아버지 생각은
안 나요. 아버지 사진이라는 사진은 나도 한두 번 보았지요. 참말
로 훌륭한 얼굴이야요. 그 아버지가 살아 계시다면 참말로 세상
에서 제일가는 잘난 아버지일 거야요. 그런 아버지를 뵙지도 못
한 것은 참으로 분한 일이야요. 그 사진도 본 지가 퍽 오랬는데
이전에는 그 사진을 어머니 책상에 놓아두시더니 외할머니가 오
시면 오실 때마다 그 사진을 치우라고 늘 말씀을 하셨는데 지금
은 그 사진이 어데 있는지 없어졌어요. 언젠가 한 번 어머니가 나
없는 동안에 몰래 장롱 속에서 무엇을 꺼내 보시다가 내가 들어
오니까 얼른 장롱 속에 감추는 것을 내가 보았는데 그것이 아마
아버지 사진인 것 같았어요.

아버지가 돌아가시기 전에 우리가 먹고살 것이나 남겨 놓고 가
셨대요. 작년 여름에, 아니 가을이 다 되어서군요. 하루는 어머니

를 따라서 저 여기서 한 10리나 가서 조그만 산이 있는 데를 가서 거기서 밤도 따 먹고 또 그 산 밑에 초가집에 가서 닭고깃국을 먹고 왔는데 거기 있는 땅이 우리 땅이래요. 거기서 나는 추수로 밥이나 굶지 않게 된대요. 그래도 반찬 사고 과자 사고 할 돈은 없대요. 그래서 어머니가 다른 사람의 바느질을 맡아서 해 주지요. 바느질을 해서 돈을 벌어서 그걸로 청어도 사고 달걀도 사고 또 내가 먹을 사탕도 사고 한다고요.

그리고 우리 집 정말 식구는 어머니와 나와 단둘인데 아버님이 계시던 사랑방*이 비어 있으니까 그 방도 쓸 겸 또 어머니의 잔심부름도 해 줄 겸해서 우리 외삼촌이 사랑에 와 있게 되었대요.

3

금년 봄에는 나를 유치원에 보내 준다고 해서 나도 너무나 좋아서 동무 아이들한테 실컷 자랑을 하고 나서 집으로 들어오노라니까 사랑에서 큰외삼촌이(우리 집 사랑에 와 있는 외삼촌의 형님) 웬 낯선 사람 하나와 앉아서 이야기를 하고 있습니다. 나를 보더니 "옥희야." 하고 부르겠지요.

"옥희야, 이리 온. 와서 아저씨께 인사드려라."

· 사랑방: 집의 안채와 떨어져 있는, 바깥주인이 거처하며 손님을 접대하는 방

나는 어째 부끄러워서 비슬비슬하니까 그 낯선 손님이

"아, 그 애기 참 곱다. 자네 조카딸인가?"

"응, 내 누이의 딸…… 경선 군의 유복녀* 외딸일세."

"옥희 이리 온, 응! 그 눈은 꼭 정 아버지를 닮았네그려."

하고 낯선 손님이 말합니다.

"자, 옥희야. 커단 처녀가 왜 저 모양이야. 어서 와서 이 아저씨 께 인사해여. 너의 아버지의 옛날 친구이다. 또 인제부터는 이

• 유복녀: 태어나기 전에 아버지를 여읜 딸

사랑에 계실 터인데 인사 여쭙고 친해 두어야지.”

나는 이 낯선 손님이 사랑에 계시게 된다는 말을 듣고 갑자기 즐거워졌습니다. 그래서 그 아저씨 앞에 가서 사뿟이* 절을 하고는 그만 안마당으로 뛰어 들어왔지요. 그 아저씨와 큰외삼촌은 소리 내서 크게 웃더군요.

나는 안방으로 들어오는 나름으로 어머니를 붙들고

“어머니, 사랑에 큰삼춘이 아저씨를 하나 데리고 왔는데 그 아저씨가 이제 사랑에 있는대.”

하고 법석을 하니까

“응, 그래.”

하고 어머니는 벌써 안다는 듯이 대답을 하더군요.

“언제부텀 와 있나?”

“오늘부텀.”

“애구 좋아.”

하고 내가 손뼉을 치니까 어머니는 내 손을 꼭 잡으면서

“왜 이리 수선이야.”

“그럼 작은외삼춘은 어디루 가구?”

“외삼춘두 사랑에 있지.”

“그럼 둘이 있나?”

“응.”

---

* 사뿟이: 소리가 거의 나지 아니할 정도로 발을 가볍게 얼른 내디디는 소리. 또는 그 모양

"한 방에 둘이 다 있어?"

"왜, 장지문 닫구 외삼촌은 아랫방에 계시구 그 아저씨는 윗방에 계시구 그러지."

나는 그 아저씨가 어떤 사람인지는 몰랐으나 내게는 퍽 고맙게 굴고 나도 그 아저씨가 꼭 마음에 들었어요. 어른들이 저희끼리 말하는 것을 들으니까 그 아저씨는 돌아가신 우리 아버지와 어렸을 적 친구라고요. 어디 먼 데 가서 공부를 하다가 요새 돌아왔는데 우리 동리 학교 교사로 오게 되었대요. 또 우리 큰외삼촌과도 동무인데, 이 동리에는 하숙도 별로 깨끗한 곳이 없고 해서 우리 사랑으로 와 계시게 되었다고요. 또 우리도 그 아저씨에게서 밥값을 받으면 살림에 보탬도 좀 되고 한다고요.

그 아저씨는 그림책들이 얼마든지 있어요. 내가 사랑에 가면 그 아저씨는 나를 무릎에 앉히고 그림책들을 보여 줍니다. 또 가끔 사탕도 주고요. 어느 날은 점심을 먹고 살그머니 사랑에 나가 보니까 아저씨는 그때에야 점심을 잡수어요. 그래 가만히 앉아서 점심 잡숫는 걸 구경하고 있노라니까 아저씨가

"옥희는 어떤 반찬을 제일 좋아하나?"

하고 묻겠지요. 그래 삶은 달걀을 좋아한다고 했더니 마침 상에 놓인 삶은 달걀을 한 알 집어 주면서 나더러 먹으라고 합디다. 나는 그 달걀을 벗겨 먹으면서

"아저씨는 무슨 반찬이 제일 맛나우?"

하고 물으니까 그는 한참이나 빙그레 웃고 있더니

"나두 삶은 달걀."

하겠지요. 나는 좋아서 손뼉을 짤깍짤깍 치고

"아, 나와 같네 그럼. 가서 어머니한테 알려야지."

하면서 일어서니까 아저씨가 꼭 붙들면서

"그러지 말어."

그러시지요. 그래도 나는 한번 맘을 먹은 다음엔 꼭 그대로 하고야 마는 성미지요. 그래서 안마당으로 뛰어 들어서면서

"어머니 어머니, 사랑 아저씨두 나처럼 삶은 달걀을 제일 좋아한대."

하고 소리를 질렀지요.

"떠들지 말어."

하고 어머니는 눈을 흘기십디다.

그러나 사랑 아저씨가 달걀을 좋아하는 것이 내게는 썩 좋게 되었어요. 그다음부터는 어머니가 달걀을 많이씩 사게 되었으니까요. 달걀 장수 노친네가 오면 한꺼번에 열 알도 사고 스무 알도 사고 그래선 삶아서 아저씨 상에도 놓고 또 으레 나도 한 알씩 주고 그래요. 그뿐 아니라 아저씨한테 놀러 나가면 가끔 아저씨가 책상 서랍 속에서 달걀을 한두 알 꺼내서 먹으라고 주지요. 그래 그담부터는 나는 아주 실컷 달걀을 많이 먹었어요. 나는 아저씨가 아주 좋았어요. 마는 외삼촌은 가끔 툴툴하는 때가 있었어요. 아마 아저씨가 마음에 안 드나 봐요. 아니, 그것보다도 아저씨 상심부름을 꼭 외삼촌이 하니까 그것이 하기 싫어서 그랬겠지요.

한번은 어머니와 외삼촌이 말다툼하는 것을 들었어요. 어머니가

"야, 또 어데 나가지 말고 사랑에 있다가 선생님 들어오시거든 상 내가야지."

하고 말씀하시니까 외삼촌은 얼굴을 찡그리면서

"제길, 남 어데 좀 볼일이 있는 날은 반드시 끼니때에 안 들어오고 늦어지니."

하고 툴툴하겠지요. 그러니까 어머니는

"그러니 어짜갔니. 너밖에 사랑 출입할 사람이 어데 있니?"

"누님이 좀 상 들고 나가구려. 요새 세상에 내외하십니까*?"

어머니는 갑자기 얼굴이 빨개지시고 아무 대답도 없이 그냥 외삼촌을 향하여 눈을 흘기셨습니다. 그러니까 외삼촌은 웃으면서 사랑으로 나갔지요.

4

나는 유치원에 가서 창가**도 배우고 댄스도 배우고 하였습니다. 유치원 여선생님이 풍금을 아주 썩 잘 타요. 그런데 우리 유치원에 있는 풍금은 우리 예배당에 있는 풍금과는 다른데 퍽 조

---

* 내외하다: 남의 남녀 사이에 서로 얼굴을 마주 대하지 않고 피하다.
** 창가: 갑오개혁 이후에 발생한 근대 음악 형식의 하나. 서양 악곡의 형식을 빌려 지은 간단한 노래이다.

그마한 것이지마는 소리는 썩 좋아요. 그런데 우리 집 윗간에도 유치원 풍금과 꼭 같이 생긴 것이 놓여 있는 것이 갑자기 생각이 났어요. 그래 그날 나는 집으로 오는 길로 어머니를 끌고 윗간으로 가서

"엄마, 이거 풍금 아니우?"

하고 물으니까 어머니는 빙그레 웃으시면서

"그렇다. 그건 어떻게 알았니?"

"우리 유치원에 있는 풍금이 이것과 꼭 같아. 그럼 어머니두 풍금 탈 줄 아우?"

하고 나는 다시 물었습니다. 그것은 내가 이때껏 한 번도 어머니가 이 풍금 앞에 앉은 것을 본 일이 없기 때문입니다.

어머니는 아무 대답도 아니하십니다.

"어머니, 이 풍금 좀 타 봐!"

하고 재촉하니까 어머니 얼굴은 약간 흐려지면서

"그 풍금은 너의 아버지가 날 사다 주신 거란다. 너의 아버지 돌아가신 후에는 그 풍금은 이때까지 뚜껑두 한 번 안 열어 보았다……."

이렇게 말씀하시는 어머니 얼굴을 보니까 금방 또 울음보가 터질 것만 같아 보여서 그만

"엄마, 나 사탕 주어."

하면서 아랫방으로 끌고 내려왔습니다.

아저씨가 사랑에 와 계신 지 벌써 여러 밤을 잔 뒤입니다. 아마

한 달이나 되었지요. 나는 거의 매일 아저씨 방에 놀러 갔습니다. 어머니는 가끔 그렇게 가서 귀찮게 굴면 못쓴다고 꾸지람을 하시지만 정말인즉 나는 조금도 아저씨를 귀찮게 굴지는 않았습니다. 도리어 아저씨가 나를 귀찮게 굴었지요.

"옥희 눈은 아버지를 닮았다. 그러나 고 고운 코는 아마 어머니를 닮았지, 고 입하고. 그러냐, 안 그러냐? 어머니도 옥희처럼 곱지?"

이렇게 여러 가지로 물을 때도 있었습니다. 그래 나는

"아저씨, 아직 우리 어머니 못 만나 보았수?"

하고 물었더니 아저씨는 잠잠합니다.

"우리 어머니 보러 들어갈까?"

하면서 아저씨 소매를 잡아당겼더니 아저씨는 펄쩍 뛰면서

"아니, 아니, 안 돼. 난 지금 분주해서."

하면서 나를 잡아끌었습니다. 그러나 정말로 무슨 그리 분주하지도 않은 모양이었어요. 그러기에 나더러 가란 말도 아니하고 그냥 나를 붙들고 머리도 쓰다듬고 뺨에 키스도 하고

"요 저구리 누가 해 주디? …… 밤에 엄마하구 한자리에서 자니?"

라는 둥 쓸데없는 말을 자꾸만 물었지요.

그러나 웬일인지 나를 그렇게도 귀애해* 주던 아저씨도 아랫방

---

* 귀애하다: 귀엽게 여겨 사랑하다.

에 외삼촌이 들어오면 갑자기 태도가 달라지지요. 이것저것 묻지도 않고 나를 껴안지도 않고 점잖게 앉아서 그림책이나 보여 주고 그러지요. 아마 아저씨가 우리 외삼촌을 무서워하나 봐요.

하여튼 어머니는 나더러 너무 아저씨를 귀찮게 한다고 어떤 때는 저녁 먹고 나서 나를 꼭 방 안에 가두어 두고 못 나가게 하는 때도 더러 있었습니다. 그러나 조금 있다가 어머니가 바느질에 정신이 팔리어 골몰하고 있을 때 몰래 가만히 일어나서 나오지요. 그런 때에는 어머니는 문 여는 소리를 듣고야 퍼뜩 정신을 차려서 쫓아와 나를 붙들지요. 그러나 그런 때는 어머니는 골은 아니 내시고

"이리 온, 이리 와서 머리 빗고."

하고 끌어다가 머리를 다시 곱게 땋아 주어요.

"머리를 곱게 땋고 가야지. 그렇게 되는 대루 하구 가문 아저씨
가 숭보시지."

하시면서. 또 어떤 때는 머리를 다 땋아 주시고는

"응, 저구리가 이게 무어냐?"

하시면서 새 저고리를 내어 주시는 때도 있었습니다.

5

어떤 토요일 오후였습니다. 아저씨는 나더러 뒷동산에 올라가

자고 하셨습니다. 나는 너무나 좋아서 곧 가자고 하니까

"들어가서 어머니께 허락 맡고 온."

하십니다. 참 그렇습니다. 나는 뛰어 들어가서 어머니께 허락을 맡았습니다. 어머니는 내 얼굴을 다시 세수시켜 주고 머리도 다시 땋고 그리고 나서 나를 아스러지도록 한 번 몹시 껴안았다가 놓아주었습니다.

"너무 오래 있지 말고, 응."

하고 어머니는 크게 소리치셨습니다. 아마 사랑 아저씨도 그 소리를 들었을 거야요.

뒷동산에 올라가서는 정거장을 한참 내려다보았으나 기차는

안 지나갔습니다. 나는 풀잎을 쭉쭉 뽑아 보기도 하고 땅에 누운 아저씨의 다리를 가서 꼬집어 보기도 하면서 놀았습니다. 한참 후에 아저씨가 손목을 잡고 내려오는데 유치원 동무들을 만났습니다.

"옥희가 아빠하구 어디 갔다 온다잉."

하고 한 동무가 말합디다. 그 아이는 우리 아버지가 돌아가신 줄을 모르는 아이였습니다. 나는 얼굴이 빨개졌습니다. 그때 나는 얼마나 이 아저씨가 정말 우리 아버지였더라면 하고 생각했는지 모릅니다. 나는 정말로 한 번만이라도 "아빠." 하고 불러 보고 싶었습니다. 그리고 그날 그렇게 아저씨하고 손목을 잡고 골목골목을 지나오는 것이 어찌도 재미가 좋았는지요.

나는 대문까지 와서

"난 아저씨가 우리 아빠라면 좋겠드라."

하고 불쑥 말했습니다. 그랬더니 아저씨는 얼굴이 홍당무처럼 빨개져서 나를 몹시 흔들면서

"그런 소리 하면 못써."

하고 속삭이는데 그 목소리가 몹시도 떨렸습니다. 나는 아저씨가 성이 난 것 같이만 생각되어서 아무 말도 못 하고 안으로 들어갔습니다. 어머니가

"어디까지 갔댄?"

하고 나와 안으며 묻는데 나는 대답도 못 하고 그만 쿨쩍쿨쩍 울었습니다. 어머니는 놀라서

"옥희야, 왜 그러니? 응?"
하고 자꾸만 물었으나 나는 아무 대답도 못 하고 울었습니다.

6

이튿날은 일요일인 고로 나는 어머니와 함께 예배당에를 가려
고 차리고 나서 어머니가 옷을 갈아입는 동안 잠깐 사랑에를 나
가 보았습니다. 아저씨가 성났나 하고 가만히 방 안을 들여다보
았더니 책상에 앉아 무엇을 쓰고 있던 아저씨가 내다보면서 빙그
레 웃었습니다. 그 웃음을 보고 나는 마음을 놓았습니다. 아저씨
는 지금은 성나지 않은 것이 확실하니까요. 아저씨는 내 온몸을
이리 보고 저리 보고 훑어보더니
    "옥희 오늘 어데 가나? 저렇게 곱게 채리고?"
하고 묻습니다.
    "엄마하구 예배당에 가."
    "예배당에?"
하고 나서 아저씨는 잠시 나를 멍하니 바라다보더니
    "어느 예배당에?"
하고 묻습니다.
    "요 앞에 예배당에 가지 뭐."
    "응, 요 앞이라니?"

이때 안에서

"옥희야."

하고 부드럽게 부르는 어머니 목소리가 들리었습니다. 나는 얼른 안으로 뛰어 들어오면서 돌아다보니 아저씨는 또 얼굴이 빨갛게 성이 났지요. 참으로 무슨 일로 요새는 아저씨가 저렇게 성을 잘 내는지 알 수 없었습니다.

예배당에 가서 찬미하고 기도하다가 기도하는 중간에 갑자기 나는 '혹시 아저씨도 예배당에 나오지 않았나?' 하는 생각이 나서 눈을 뜨고 고개를 들어 남자석을 바라다보았습니다. 그랬더니 하, 바로 거기 아저씨가 와 앉아 있겠지요. 그런데 어른이 눈 감고 기도하지 않고 우리 아이들처럼 눈을 뜨고 여기저기 두리번두리번 바라봅디다. 나는 얼른 아저씨를 알아보았는데 아저씨는 나를 못 알아보았는지 내가 방그레 웃어 보여도 웃지 않고 멀거니 보고 있겠지요. 그래 나는 손을 들어 흔들었지요. 그러니까 아저씨는 얼른 고개를 숙이고 말더군요. 그때에 어머니가 내가 팔을 흔드는 것을 깨닫고 두 손으로 나를 붙들고 끌어당기더군요. 나는 어머니 귀에다 입을 대고

"저기 아저씨두 왔어."

하고 속삭이니까 어머니는 흠칫하면서 내 입을 손으로 막고 막 끌어 잡아다가 앞에 앉히고 고개를 누르더군요. 보니까 어머니가 또 얼굴이 홍당무처럼 빨개졌겠지요.

그날 예배는 아주 젬병이었어요. 웬일인지 예배 끝날 때까지

어머니는 성이 나서 강대만 앞으로 바라보고 앉았지 이전 모양으로 가끔 나를 내려다보고 웃는 일이 없었어요. 그리고 아저씨를 보려고 남자석을 바라다보아도 아저씨도 한 번도 바라다보아 주지도 않고 성이 나서 앉아 있고 어머니는 나를 보지도 않고 공연히 꼭꼭 잡아당기지요. 왜 모두들 그리 성이 났는지. 나는 그만 으아 하고 한번 울고 싶었어요. 그러나 바로 멀지 않은 곳에 우리 유치원 선생님이 앉아 있는 고로 울고 싶은 것을 억지로 참았답니다.

7

처음 얼마 동안은 내가 유치원에 갈 때나 올 때나 외삼촌이 바래다주었습니다. 그러나 여러 밤을 자고 난 뒤에는 나 혼자서도 넉넉히 다니게 되었어요. 그러나 언제나 내가 유치원에서 돌아오는 때면 어머니가 옆 대문(우리 집에는 대문이 사랑 대문과 옆 대문 둘이 있어서 어머니는 늘 이 옆 대문으로만 출입하시는 것이었습니다.) 밖에 기다리고 섰다가 내가 달음질쳐 가면 안고 집 안으로 들어가곤 하는 것이었습니다.

그런데 하루는 어쩐 일인지 어머니가 보이지를 않겠지요. 어떻게도 화가 나던지요. 물론 머릿속으로는 '아마 외할머니 댁에 가셨나 부다.' 하고 생각했지마는 하여튼 내가 돌아왔는데 문간에서 기다리지 않고 집을 떠났다는 것이 몹시 나쁘게 생각이 되더군요. 그래서 속으로 '오늘 엄마를 좀 골려야겠다.' 하고 생각하고 있는데 옆 대문 밖에서

"아이고, 얘가 원 벌써 왔나?"

하는 어머니 목소리가 들리더군요. 그 순간 나는 신을 벗어 들고 안방으로 뛰어 들어가서 벽장을 열고 그 속에 들어가서 숨어 버렸습니다.

"옥희야, 옥희 너 아직 안 왔니?"

하는 어머니 목소리가 바로 뜰에서 나더니

"아직 안 왔군."

하면서 밖으로 나가는 모양이었습니다. 나는 재미가 나서 혼자 흐흥흐흥 웃었습니다.

한참을 있더니 집에서는 온통 야단이 났습니다. 어머니 목소리도 들리고 외할머니 목소리도 들리고 외삼촌 목소리도 들리고!

"글쎄 하루 종일 집이라곤 안 떠났다가 옥희 유치원에서 오믄 멕일 과자가 없기에 어머님 댁에 잠깐 갔다가 왔는데 고동안에 이런 변이 생기다니."

하는 것은 어머니 목소리.

"글쎄 유치원에선 벌써 30분 전에 떠났다던데 원 중간에서……."

하는 것은 외할머니 목소리.

"하여튼 내 나가서 돌아댕겨 볼웨다. 원 고것이 어델 갔담?"

하는 것은 외삼촌의 목소리.

　이윽고 어머니의 울음소리가 가늘게 들렸습니다. 외할머니는 무엇이라고 중얼중얼 이야기하는 모양이었습니다. '이젠 그만하고 나갈까?' 하고도 생각했으나 '지난 주일날 예배당에서 성냈던 앙갚음을 해야지.' 하고 나는 그냥 벽장 안에 누워 있었습니다. 벽장 안은 답답하고 더웠습니다. 그래서 이윽고 부지중*에 슬며시 잠이 들어 버렸습니다.

　얼마 동안이나 잤는지요? 이윽고 잠을 깨 보니 아까 내가 벽장 안에 들어왔던 것을 잊어버리고 참 이상스러운 데에 내가 누워 있거든요. 어두컴컴하고 좁고 덥고……. 나는 갑자기 무서운 생각이 나서 엉엉 울기 시작했지요. 그러자 갑자기 어디 가까운 데서 어머니의 외마디 소리가 나더니 벽장문이 벌컥 열리고 어머니가 달려들어서 나를 안아 내렸습니다.

　"요 망할 것아."

하면서 어머니가 내 엉덩이를 댓 번 때렸습니다. 나는 더욱더 소리를 내 울었습니다. 어머니는 그때는 나를 끌어안고 어머니도 울었습니다.

　"옥희야, 옥희야. 응, 인젠 괜찮다. 엄마 여기 있지 않니. 응, 울지 마라 옥희야. 엄마는 옥희 하나문 그뿐이다. 옥희 하나만 바라고 산다. 난 너 하나문 그뿐이야. 세상 모든 게 다 일이 없

---

* 부지중: 알지 못하는 동안

다. 옥희만 있으문 바라고 산다. 옥희야, 울지 말라. 응, 울지
마라."

이렇게 어머니는 나더러 자꾸 울지 말라면서도 어머니 저는 그
치지 않고 그냥 울고 있었습니다. 외할머니는

"원 고것이 도깨비가 들렸단 말인가 벽장 속엔 왜 숨는담."

하고, 앉아 있는 외삼촌은

"에, 재수 나시*다."

하면서 밖으로 나갔습니다.

8

이튿날 유치원을 파하고 집으로 오게 된 때 나는 갑자기 어제
벽장 속에 숨었다가 어머니를 몹시 울게 하던 생각이 문득 나서
집으로 가기가 어째 부끄러워졌습니다.

'오늘은 어머니를 좀 기쁘게 해 드려야 할 텐데……. 무엇을 갖
다 드리면 기뻐할까?'

하고 생각했습니다. 그러자 문득 유치원 안에 선생님 책상 위에
놓여 있던 꽃병 생각이 났습니다. 그 꽃병에는 나는 이름도 모르는
곱고 빨간 꽃이 있었습니다. 그 꽃은 개나리도 아니고 진달래도 아

---

* 나시: '없음'을 뜻하는 일본말

니었습니다. 그런 꽃은 나도 잘 알고 또 그런 꽃은 벌써 폈다가 진 후였습니다. 무슨 서양 꽃이려니 하고 나는 생각했습니다. 나는 우리 어머니가 꽃을 사랑하는 줄을 잘 압니다. 그래서 그 꽃을 갖다 드리면 어머니가 몹시 기뻐하려니 하고 생각하였습니다.

그래서 나는 도로 유치원 방 안으로 들어갔습니다. 마침 방 안에는 아무도 없었습니다. 선생님도 잠깐 어디를 갔는지 보이지 않았습니다. 그래 나는 그 꽃을 두어 개 얼른 빼 들고 달음질쳐 나왔지요.

집에 오니 어머니는 문간에서 기다리고 있다가 나를 안고 들어왔습니다.

"그래 그 꽃은 어데서 났니? 퍽 곱구나."

하고 어머니가 말씀하셨습니다. 갑자기 나는 말문이 막혔습니다. '이걸 어머니 드릴라구 내가 유치원서 가져왔지.' 하고 말하기가 어째 부끄러운 생각이 들었습니다. 그래 잠깐 망설이다가

"응, 이 꽃! 저, 사랑 아저씨가 엄마 갖다 드리라구 줘."

하고 불쑥 말했습니다. 그런 거짓말이 어디서 나왔는지 나도 모르지요.

꽃을 들고 냄새를 맡고 있던 어머니는 내 말이 끝나기가 무섭게 무엇에 몹시 놀란 사람처럼 화닥닥하였습니다. 그러고는 금시에 어머니 얼굴이 그 꽃보다도 더 빨갛게 되었습니다. 그 꽃을 든 어머니 손가락이 파르르 떠는 것을 나는 보았습니다. 어머니는 무슨 무서운 것을 생각하는 듯이 사방을 휘 한 번 둘러보시더니

"옥희야. 그런 걸 받아 오문 안 돼."

하는 목소리가 몹시 떨렸습니다. 나는 꽃을 그처럼 좋아하는 어머니가 이 꽃을 받고 그처럼 성을 낼 줄은 참으로 뜻밖이었습니다. 그렇게 성을 낸다면 그 꽃을 내가 가져왔다고 그러지 않고 아저씨가 주더라고 한 거짓말이 참 잘되었다고 나는 속으로 생각했습니다. 어머니가 성을 내는 까닭을 나는 모르지만 하여튼 성을 낼 바에는 내게 내는 것보다 아저씨에게 내는 것이 내게는 나았기 때문입니다. 한참 있더니 어머니는 나를 방 안으로 데리고 들어와서

"옥희야, 너 이 꽃 이야기 아무 보구두 하지 마라, 응."

하고 타일러 주었습니다. 나는

"응."

하고 대답했습니다.

어머니가 그 꽃을 내버릴 줄로 나는 생각했습니다마는 내버리지는 않고 꽃병에 넣어서 풍금 위에 놓아두었습니다. 아마 퍽 여러 밤 자도록 그 꽃은 거기 놓여 있어서 마지막에는 시들었습니다. 꽃이 다 시들자 어머니는 가위로 그 대는 잘라 내버리고 꽃만은 찬송가 갈피에 끼워 두었습니다.

그날 밤에 나는 또 사랑에 놀러 나가서 아저씨 무릎에 앉아 그림책을 보고 있었습니다. 갑자기 아저씨 몸이 흠칫합니다. 그러고는 귀를 기울입니다. 나도 귀를 기울였습니다.

풍금 소리!

그 풍금 소리는 분명 안방에서 흘러나오는 것이었습니다.

"엄마가 풍금 타나 부다."

하고 나는 벌떡 일어나서 안으로 뛰어왔습니다. 안방에는 불을
켜지 않았습니다. 그러나 그때는 음력으로 보름께여서 달이 낮같
이 밝은데 은빛 같은 흰 달빛이 방 한 절반 가득하였습니다. 나는
그 흰옷을 입은 어머니가 풍금 앞에 앉아서 고요히 풍금을 타는
것을 보았습니다.

나는 나이 지금 여섯 살밖에 안 되었지마는 하여튼 어머니가
풍금을 타시는 것을 보는 것은 오늘이 처음이었습니다. 어머니는
우리 유치원 선생님보다도 풍금을 더 잘 타시는 것이었습니다.
나는 어머니 곁으로 갔습니다마는 어머니는 내가 온 것도 깨닫지

못하는지 그냥 까딱 아니하고 앉아서 풍금을 탔습니다. 조금 있더니 어머니는 풍금에 맞추어 노래를 부르기 시작하였습니다. 어머니의 목소리가 그렇게도 아름다운 것도 나는 이때 모르고 있었습니다. 어머니는 참으로 우리 유치원 선생님보다도 목소리가 훨씬 더 곱고 노래도 훨씬 더 잘 부르시는 것이었습니다. 나는 가만히 서서 어머니 노래를 들었습니다. 그 노래는 마치 은실을 타고 저 별나라에서 내려오는 노래처럼 아름다웠습니다.

그러나 얼마 가지 않아 목소리는 약간 떨렸습니다. 가늘게 떨리는 노랫소리, 그에 따라 풍금의 가는 소리도 바르르 떠는 듯했습니다. 노랫소리는 차차 가늘어지더니 마지막에는 사르르 없어져 버렸습니다. 풍금 소리도 사르르 없어졌습니다. 어머니는 고요히 풍금에서 일어나시더니 옆에 섰는 내 머리를 쓰다듬었습니다. 그다음 순간 어머니는 나를 안고 마루로 나오셨습니다. 어머니는 아무 말씀도 없이 나를 꼭꼭 껴안는 것이었습니다. 달빛을 함빡 받는 내 어머니 얼굴은 몹시도 새하얗다고 생각되었습니다. 우리 어머니는 참으로 천사 같다고 나는 생각하였습니다.

우리 어머니의 새하얀 두 뺨 위로는 쉴 새 없이 두 줄기 눈물이 줄줄 흘러내리고 있는 것을 나는 보았습니다. 그것을 보니 나도 갑자기 울고 싶어졌습니다.

"어머니, 왜 울어?"

하고 나도 쿨쩍거리면서 물었습니다.

"옥희야."

"응?"

한참 동안 어머니는 아무 말씀도 없었습니다.

"옥희야, 나는 너 하나면 그뿐이다."

"엄마."

어머니는 대답이 없으셨습니다.

9

하루는 밤에 아저씨 방에서 놀다가 졸려서 안방으로 들어오려고 일어서니까 아저씨가 하얀 봉투를 서랍에서 꺼내어 내게 주었습니다.

"옥희, 이거 갖다 엄마 드리고 지나간 달 밥값이라구, 응."

나는 그 봉투를 갖다 엄마에게 드렸습니다. 어머니는 그 봉투를 받아 들자 갑자기 얼굴이 파랗게 질리었습니다. 그 전날 달밤에 마루에 앉았을 때보다도 더 새하얗다고 생각되었습니다. 어머니는 그 봉투를 들고 어쩔 줄을 모르는 듯이 초조한 빛이 나타났습니다. 나는

"그거 지나간 달 밥값이래."

하고 말을 하니까 어머니는 갑자기 잠자다 깨는 사람처럼

"응?"

하고 놀라더니 또 금시에 백지장같이 새하얗던 얼굴이 빨갛게 물

들었습니다. 봉투 속에 들어갔던 어머니의 파들파들 떨리는 손가락이 지전을 몇 장 끌고 나왔습니다. 어머니는 입술에 약간 웃음을 띠면서 후 하고 한숨을 지었습니다. 그러나 그것도 잠깐 다시 어머니는 무엇에 놀랐는지 흠칫하더니 금시에 얼굴이 다시 창백해지고 입술이 바르르 떨렸습니다. 어머니의 손을 보니 거기에는 지전 몇 장 외에 네모로 접은 하얀 종이가 한 장 잡혀 있는 것이었습니다.

어머니는 한참 망설이는 모양이었습니다. 그러더니 무슨 결심을 한 듯이 입술을 악물고 그 종이를 차근차근 펴 들고 그 안에 쓰인 글을 읽었습니다. 나는 그 안에 무슨 글이 씌어 있는지 알 도리가 없으나 어머니는 금시에 얼굴이 파랬다 빨갰다 하고 그 종이를 든 손은 이제는 바들바들이 아니라 와들와들 떨리어서 그 종이가 부석부석 소리를 내게 되었습니다.

한참 만에 어머니는 그 종이를 아까 모양으로 네모지게 접어서 돈과 함께 봉투에 도로 넣어 반짇그릇*에 던졌습니다. 그러고는 정신 나간 사람처럼 멀거니 앉아서 전등만 치어다보는데 어머니 가슴이 불룩불룩합니다. 나는 어머니가 혹시 병이나 나지 않았나 해서 얼른 가 무릎에 안기면서

"엄마, 잘까?"

하고 말했습니다.

---

* 반짇그릇: 바늘, 실, 골무, 헝겊 따위의 바느질 도구를 담는 그릇인 '반짇고리'의 북한어

엄마는 내 뺨에 키스를 해 주었습니다. 그런데 어머니의 입술이 어쩌면 그리도 뜨거운지요. 마치 불에 달군 돌이 볼에 와 닿는 것 같았습니다.

한잠을 자고 나서 잠이 채 깨지는 않았으나 어렴풋한 정신으로 옆을 쓸어 보니 어머니가 없었습니다. 가끔가다가 나는 그런 버릇이 있어요. 어렴풋한 정신으로 옆을 쓸면 어머니의 보드라운 살이 만져지지요. 그러면 다시 나는 잠이 들어 버리곤 하는 것이었습니다.

어머니가 자리에 없다는 것을 알게 되자 나는 갑자기 무서워졌습니다. 그래서 눈을 번쩍 뜨고 고개를 들어 둘러보았습니다. 방 안에는 불은 안 켰지만 어슴푸레하게 밝습니다. 뜰로 하나 가득한 달빛이 방 안에까지 희미한 밝음을 비추어 주는 것이었습니다. 윗목을 보니 우리 아버지의 옷을 넣어 두고 가끔 어머니가 꺼내서 쓸어 보시는 그 장롱이 열려 있고 그 아래 방바닥에는 흰옷이 한 무더기 널려 있습니다. 그리고 그 옆에는 장롱을 반쯤 기대고 자리옷*만 입은 어머니가 주춤하고 앉아서 고개를 위로 쳐들고 눈은 감고 무엇이라고 입술로 소곤소곤 외고 있는 것이 보였습니다. 아마 기도를 하나 보다 하고 나는 생각했습니다. 나는 자리에서 일어나 기어가서 어머니 무릎을 빠개고 기어 들어갔습니다.

"엄마, 무얼 하우?"

---

* 자리옷: 잠잘 때 입는 옷

어머니는 소곤거리기를 그치고 눈을 떠서 나를 한참이나 물끄러미 들여다보십니다.

"옥희야."

"응."

"가서 자자."

"엄마두 같이 자."

"응, 그래 엄마두 같이 자."

그 목소리가 어째 싸늘하다고 내게 생각되었습니다. 어머니는 돌아가신 아버지의 옷들을 한 가지씩 들고 가만히 손바닥으로 쓸어 보고는 장롱 안에 넣었습니다. 하나씩 하나씩 쓸어 보고는 장롱에 넣고 하여 그 옷을 넣은 때 장롱 문을 닫고 쇠를 채우고 그리고 나서 나를 안고 자리로 왔습니다.

"엄마, 우리 기도하고 자?"

하고 나는 물었습니다. 어머니는 나를 밤마다 재울 때마다 반드시 기도를 하는 것이었습니다. 내가 할 줄 아는 기도는 주기도문뿐이었습니다. 그 뜻은 하나도 모르지만 어머니를 따라서 자꾸 외어서 나도 지금 주기도문을 잘 욉니다. 그런데 웬일인지 어젯밤 잘 때에는 어머니가 기도하는 것을 잊어버렸던 것이 지금 생각났기 때문에 나는 그렇게 물었던 것입니다. 어젯밤 자리에 들 때 내가

"기도할까?"

하고 말하고 싶었으나 어머니가 너무도 슬픈 빛을 띠고 있는 고

로 그만 나도 가만히 아무 소리 없이 잠이 들고 말았던 것입니다.

"응, 기도하자."

하고 어머니가 고요히 말했습니다.

"어머니가 기도해."

하고 나는 갑자기 어머니의 기도하는 보드라운 음성이 듣고 싶어서 말했습니다.

"하늘에 계신 우리 아버지시여."

어머니는 고요히 기도를 시작하였습니다.

"이름을 거룩하게 하옵시며 나라에 임하옵시며 뜻이 하늘에서

시험에 들지 말게~

이루어진 것처럼 땅에서도 이루어지이다. 오늘날 우리에게 일용할 양식을 주옵시고 우리가 우리에게 죄지은 자를 용서하여 준 것처럼 우리 죄를 사하여 주옵시고, 우리를 시험에 들지 말게 하옵시고…… 우리를 시험에 들지 말게 하옵시고…… 시험에 들지 말게…… 시험에 들지 말게…….”

이렇게 어머니는 자꾸 되풀이하였습니다. 나도 지금은 막히지 않고 하는 주기도문을 어머니가 막히다니 참으로 우스운 일이었습니다.

“시험에 들지 말게, 시험에 들지 말게…….”

하고 자꾸만 되풀이하는 것을 나는 참다못해서

“엄마, 내 마저 하께.”

하고,

“다만 악에서 구하옵소서. 대개 나라와 권세와 영광이 아버지께 영원토록 있사옵나이다.”

하고 내가 끝을 마쳤습니다. 어머니는 한참이나 있다가 겨우

“아멘.”

하고 속삭이었습니다.

10

요새 와서 어머니의 하는 일이란 참으로 알 수가 없는 노릇입

니다. 어떤 때는 어머니도 퍽 유쾌하셨습니다. 밤에 때로는 풍금도 하고 또 때로는 찬송가도 부르고 그러실 때에는 나도 너무도 좋아서 가만히 어머니 옆에 앉아서 듣습니다. 그러나 가끔가끔 그 독창은 소리 없는 울음으로 끝을 맺는 때가 있는데 그런 때면 나도 따라서 울었습니다. 그러면 어머니는 나를 안고 무수히 키스하시면서

"어머니는 옥희 하나면 그뿐이야, 응, 그렇지."

하시면서 언제까지나 언제까지나 우시는 것이었습니다.

어떤 일요일날, 그렇지요. 그것은 유치원 방학하고 난 그 이튿날이었어요. 그날 어머니는 갑자기 머리가 아프시다고 예배당에를 그만두었습니다. 사랑에서는 아저씨도 어디 나가고 외삼촌도 나가고 집에는 어머니와 나와 단둘이 있었는데 머리가 아프다고 누워 계시던 어머니가 갑자기 나를 부르시더니

"옥희야, 너 아빠가 보고 싶으냐?"

하고 물으십디다.

"응, 우리두 아빠가 있으면 좋겠어."

하고 혀를 까불고 어리광을 좀 부려 가면서 대답을 했습니다. 한참 동안을 어머니는 아무 말씀도 아니하시고 천장만 바라다보시더니

"옥희야, 옥희 아버지는 옥희가 세상에 나오기도 전에 돌아가셨단다. 옥희두 아빠가 없는 건 아니지. 그저 일찍 돌아가셨지. 옥희가 이제 아버지를 새로 또 가지면 세상이 욕을 한단다. 옥

희는 아직 철이 없어서 모르지만 세상이 욕을 한단다. 세상이 욕을 해. 옥희 어머니는 화냥년*이다. 이러구 세상이 욕을 해. 옥희 아버지는 죽었는데 옥희는 아버지가 또 하나 생겼대, 참 망측두 하지, 이러구 세상이 욕을 한단다. 그리되면 옥희는 언제나 손가락질 받구. 옥희는 커두 시집두 훌륭한 데 못 가구. 옥희가 공부를 해서 훌륭하게 돼두 에 그까짓 화냥년의 딸, 하구 남들이 욕을 한다."

이렇게 어머니는 혼잣말하시듯 뜨문뜨문 말씀하십니다. 그러고는 한참 있더니

"옥희야."

하고 또 물으십니다.

"응?"

"옥희는 언제나 언제나 내 곁을 안 떠나지. 옥희는 언제나 언제나 엄마하구 같이 살지. 옥희 엄마는 늙어서 꼬부랑 할미가 되어두 그래두 옥희는 엄마하구 같이 살지. 옥희가 유치원 졸업하구 또 소학교 졸업하구 또 중학교 졸업하구, 또 대학교 졸업하구, 옥희가 조선서 제일 훌륭한 사람이 돼두 그래두 옥희는 엄마하구 같이 살지, 응! 옥희는 엄마를 얼만큼 사랑하나?"

"이만큼."

하고 나는 두 팔을 짝 벌리어 보였습니다.

---

* 화냥년: 자기 남편이 아닌 남자와 정을 통한 여자를 속되게 이르는 말

"응 얼만큼? 응 그만큼! 언제나 언제나 옥희는 엄마를 사랑하지, 그리구 공부두 잘하구 그리구 훌륭한 사람이 되구⋯⋯."

나는 어머니의 목소리가 떨리는 것으로 보아 어머니가 또 울까봐 겁이 나서

"엄마, 이만큼 이만큼."

하면서 두 팔을 짝짝 벌리었습니다.

어머니는 울지 않으셨습니다.

"응, 옥희 엄마는 옥희 하나면 그뿐이야. 세상 다른 건 다 소용없어, 우리 옥희 하나면 그만이야. 그렇지 옥희야."

"응!"

어머니는 나를 당기어서 꼭 껴안고 내가 숨이 막혀 들어올 때까지 자꾸만 껴안아 주었습니다.

그날 밤 저녁을 먹고 나니까 어머니는 나를 불러 앉히고 머리를 새로 빗겨 주었습니다. 댕기도 새 댕기를 드려 주고 바지, 저고리, 치마 모두 새것을 꺼내 입혀 주었습니다.

"엄마, 어디 가?"

하고 물으니까

"아니."

하고 웃음을 띠면서 대답합니다. 그러더니 풍금 옆에서 새로 다린 하얀 손수건을 내리어 내 손에 쥐여 주면서

"이 손수건 저 사랑 아저씨 손수건인데 이것 아저씨 갖다 드리고 와, 응. 오래 있지 말고 손수건만 갖다 드리고 이내 와, 응."

하고 말씀하셨습니다.

손수건을 들고 사랑으로 나가면서 나는 그 손수건 접이 속에 무슨 발각발각하는 종이가 들어 있는 것처럼 생각되었습니다마는 그것을 펴 보지 않고 그냥 갖다가 아저씨에게 주었습니다.

아저씨는 방에 누워 있다가 벌떡 일어나서 손수건을 받는데 웬일인지 아저씨는 이전처럼 나보고 빙그레 웃지도 않고 얼굴이 몹시 새파래졌습니다. 그러고는 입술을 질근질근 깨물면서 말 한 마디 아니하고 그 수건을 받더군요.

나는 어째 이상한 기분이 들어서 아저씨 방에 들어가 앉지도 못하고 그냥 되돌아서서 안방으로 들어왔지요. 어머니는 풍금 앞에 앉아서 무엇을 그리 생각하는지 가만히 있더군요. 나는 풍금 옆에 와서 가만히 앉았지요. 이윽고 어머니는 조용조용히 풍금을 타십니다. 무슨 곡조인지는 몰라도 어째 구슬프고 고즈넉한 곡조야요.

밤이 늦도록 어머니는 풍금을 타셨습니다. 그 구슬프고 고즈넉한 곡조를 계속하고 또 계속하면서.

11

여러 밤을 자고 난 어떤 날 오후에 나는 아저씨 방에를 오래간만에 가 보았더니 아저씨가 짐을 싸느라고 분주하겠지요. 내가 아저씨에게 손수건을 갖다 드린 다음부터는 웬일인지 아저씨가 나를 보아도 언제나 퍽 슬픈 사람, 무슨 근심이 있는 사람처럼 아무 말도 없이 나를 물끄러미 바라다만 보고 있는 고로 나도 그리 자주 놀러 나오지 않았던 것입니다.

그랬었는데 이렇게 갑자기 짐을 꾸리는 것을 보고 나는 놀랐습니다.

"아저씨, 어데 가시우?"

"응, 멀리루 간다."

"언제?"

"이제."

"기차 타구?"

"응, 기차 타구."

"갔다가 언제 또 오시우?"

아저씨는 아무 대답도 없이 서랍에서 예쁜 인형을 하나 꺼내서 내게 주었습니다.

"옥희, 이것 가져, 응. 옥희는 아저씨 가구 나문 아저씨 잊어버리구 말겠지?"

나는 갑자기 슬퍼졌습니다.

"아니."

하고 나는 대답했습니다. 나는 인형을 안고 안으로 들어왔습니다.

"엄마, 이것 봐. 아저씨가 이것 나 줬어. 아저씨가 오늘 기차 타고 먼 데루 간대."

어머니는 대답이 없으십니다.

"엄마, 아저씨 왜 가우?"

"학교 방학했으니깐 가지."

"어데루 가우?"

"아저씨 집으루 가지 어데루 가."

"아저씨 인제 갔다가 또 오우?"

어머니는 대답이 없으셨습니다.

"난 아저씨 가는 거 나쁘다."

하고 입을 쭝깃했으나 어머니는 그 말은 대답 않고

"옥희야, 장에 가서 달걀 몇 알 남았나 보아라."

하고 말씀하셨습니다.

나는 깡충깡충 방 안으로 들어섰습니다. 달걀은 여섯 알 있었습니다.

"여스 알."

하고 나는 소리쳤습니다.

"응, 다 가지고 이리 나오너라."

어머니는 그 달걀 여섯 알을 다 삶았습니다. 그 삶은 달걀 여섯 알을 손수건에 싸 놓고 또 반지*에 소금을 조금 싸서 한 귀퉁이에 넣었습니다.

"옥희야, 너 이것 갖다 아저씨 드리구 가시다가 찻간에서 잡수시랜다구, 응."

· 반지: 얇고 흰 종이

그날 오후에 아저씨가 떠나간 다음 나는 방에서 아저씨가 준 인형을 업고 자장자장 잠을 재우고 있었습니다. 어머니가 부엌에서 들어오시더니

"옥희야, 우리 뒷동산에 바람이나 쐬러 올라갈까?"

하십니다.

"응, 가, 가."

하면서 나는 좋아 덤비었습니다.

잠깐 다녀올 터이니 집을 보고 있으라고 외삼촌에게 이르고 어머니는 내 손목을 잡고 나섰습니다.

"엄마, 나 저, 아저씨가 준 인형 가지고 가?"

"그러렴."

나는 인형을 안고 어머니 손목을 잡고 뒷동산으로 올라갔습니다. 뒷동산에 올라가면 정거장이 빤히 내려다보입니다.

"엄마, 저 정거장 보아. 기차는 없군."

어머니는 아무 말씀도 없이 가만히 서 계십니다. 사르르 바람이 와서 어머니 모시 치맛자락을 산들산들 흔들어 주었습니다. 그렇게 산 위에 가만히 서 있는 어머니는 다른 때보다도 더한층 예뻐 보였습니다.

저편 산모퉁이에서 기차가 나타났습니다.

"아, 저기 기차가 온다."

하고 나는 좋아서 소리쳤습니다.

　기차는 정거장에 잠시 머물더니 금시에 삑 하고 소리를 지르면서 움직입니다.

　"기차 떠난다."

하면서 나는 손뼉을 쳤습니다. 기차가 저편 산모퉁이 뒤로 사라질 때까지 그리고 그 굴뚝에서 나온 연기가 하늘 위로 모두 흩어져 없어질 때까지, 어머니는 서서 그것을 바라보았습니다.

　뒷동산에서 내려와서 어머니는 방으로 들어가시더니 이때까지 뚜껑을 늘 열어 두었던 풍금 뚜껑을 닫으십니다. 그러고는 거기 쇠를 채우고 그 위에다가 이전 모양으로 반짇그릇을 얹어 놓으십니다. 그러고는 그 옆에 있는 찬송가를 맥없이 들고 뒤적뒤적하시더니 빼빼 마른 꽃송이를 그 갈피에서 집어 내시더니

　"옥희야, 이것 내다 버려라."

하고 그 마른 꽃을 내게 주었습니다. 그 꽃은 내가 유치원에서 갖다가 어머니께 드렸던 그 꽃입니다. 그러자 옆 대문이 삐걱하더니

"달걀 사려우."

하고 매일 오는 달걀 장수 노친네가 달걀 버주기*를 이고 들어왔습니다.

"인젠 우리 달걀 안 사요. 달걀 먹는 이가 없어요."

하시는 어머님의 목소리는 맥이 한 푼어치도 없더군요.

　나는 어머니의 이 말씀에 놀라서 떼를 좀 써 보려 했으나 석양에 뻔히 비치는 어머니의 얼굴을 볼 때 그 용기가 없어지고 말았습니다. 그래서 아저씨가 주신 인형 귀에다가 내 입을 갖다 대고 가만히 속삭였습니다.

　"얘, 우리 엄마두 거짓부리 썩 잘하누나. 내가 달걀 좋아하는 줄 잘 알면서두 생 먹을 사람이 없대누나. 내가 사 내라구 떼를 좀 쓰구 싶지만 저 우리 엄마 얼굴을 좀 봐라. 어쩌문 저리두 새파래졌을까! 아마 어디가 아픈가 보다."

라고요.

---

* 버주기: 자배기보다 조금 깊고 아가리가 벌어진 큰 그릇인 '버치'를 구어적으로 이르는 말

4

영수증

박태원

어떻게 읽을까?

① 주인공 노마가 처한 현실을 이해하며, 그의 심정을 공감하면서 읽어 보세요.
② 서술자가 아이들에게 노마의 이야기를 들려주는 형식으로 전개되는 이유를 생각해 보고, 그
   것이 어떤 효과를 주는지 살펴보세요.
③ 작품 속에서 영수증이 어떤 의미를 가지는지 생각해 보세요.

이제 이야기를 하나 하겠습니다. 이렇게 제가 말하면 여러분은 응당,

"옛날 어느 나라에 임금이 있었습니다."

하고 미리 앞질러 말씀하시겠지요.

그러나 제가 지금 하려는 이야기는 옛날이야기가 아닙니다. 또 임금의 이야기도 아닙니다.

"그러면 무슨 얘기?"

네, 자꾸 그렇게 묻지 마시고 조용히 앉아 들으십시오.

여러분은 우동집에 들어가서서 우동을 잡수신 일이 있습니까?

"아니요, 그런 짓을 하면 선생님이 꾸지람을 하십니다."

네, 옳습니다. 이것은 제가 잘못하였습니다. 여러분은 그러한 곳에 다녀서는 안 됩니다. 그러나 여러분은 길거리에 혹은 골목 안에 우동을 파는 집이 있는 것을 보셨겠지요. 그리고 그런 우동집에는 으레 심부름하는 아이가 하나씩 있는 것도 여러분은 잘 알고 계시겠지요. 제가 이제 여러분께 들려 드리려는 것은 이러한 우동집에서 심부름하는 아이의 이야기입니다.

그 아이의 이름은, '복동'이냐고요? 아니올시다. '복동'이가 아니라 '노마'올시다.

노마는 올해 열다섯 살입니다. 키는 글쎄요, 열다섯 살 먹은 아이로서는 좀 작은 편이겠지요. 얼굴은 동그랗고 약간 주근깨가 있는 것이 고 눈이며, 코며, 입이 매우 귀여운 아이입니다. 여러분이 한 번이라도 노마하고 만나시는 일이 있다면 아마 틀림없이 여러분은 그 애하고 동무가 되고 싶어 하실 것입니다.

"그러나 마음이 어떤 아인지 알아야지."

이렇게 여러분은 말씀하시겠지요. 그러나 그런 것은 조금도 염려 마십시오. 노마는 마음도 퍽이나 순하고 착한 아이랍니다.

잘 들으십시오. 노마에게는 아버지도 어머니도 안 계십니다. 물론 집도 없지요.

"그러나 아저씨는?"

네, 아저씨는 한 분 계십니다. 그렇지만 그 아저씨는 철공장에서 벌어 오는 돈으로 자기네 집안 살림도 하여 갈지 말지 한 딱한 처지니 어떻게 노마를 먹여 살리고 학교에 보내고 할 수가 있겠습니까.

그래, 노마는 아저씨 집을 나와서 이렇게 우동집에서 심부름을 하지 않으면 안 되는 것이랍니다.

우동집에서 심부름하는 것은 물론 유쾌한 일이 아닙니다. 교실에서 선생님께 글 배우고, 운동장에서 동무하고 같이 놀고 할 수 있는 여러분은 노마가 얼마나 고생살이를 하고 있는 것인지 아마 모르실 것입니다.

노마더러 제 이야기를 하라고 하여 보십시오. 노마는 이야기를 하기 전에 우선 "후유." 하고 한숨을 쉴 것이니까요. 열다섯 살이나 그것밖에 안 된 아이의 입에서 한숨이 나온다는 것은 웬만큼 딱한 일이 아닙니다. 그 증거로는 여러분이 이제까지 엉엉 소리를 내어 우신 일은 여러 번 있지마는 한 번이라도 가만히 한숨 쉬신 일은 없지 않습니까.

설혹 여러분이 노마의 친한 동무라 하더라도 여러분은 노마하고 같이 노실 수는 없습니다. 원체가 우동집 심부름이란 늘 고되고 바쁘니까요.

"노마야. 새로 연 하나 샀다. 같이 놀리자."

하고 여러분이 노마보고 말씀하셨다 합시다.

그러면 노마는 쓸쓸한 웃음을 입가에 띠고 이렇게 대답할 것입니다.

"고맙다. 그렇지만 어디 놀러 나갈 수가 있니? 이제 싸전* 가게 골목에 우동 두 그릇 배달해야지, 오는 길에 수동 모퉁이 약국집에 가서 그릇 찾아와야지. 또 서너 군데 외상값 받어 와야 하구."

그러나 그뿐입니까. 그렇게 말하는 중에도 안에서,

"애! 간장이 없다."

"노마야, 고춧가루 가져오너라."

* 싸전: 쌀과 그 밖의 곡식을 파는 가게

하고 손님들이 소리를 지르지요.

"네!"

하고 들어가서 시중을 들려면 이번에는 또 돈을 바꾸어 오래서 길 건너편 잡화상으로 1원짜리 지전을 손에 쥐고 뛰어가지요. 담배 사 오라면 담배 사 와야지요. 참말 바쁩니다.

더구나 종일 심부름에 지쳐 참아도 참아도 자꾸만 졸린 것을 이를 악물고 견디어 가며 자정 넘어까지, 어떤 때는 새로 한 점*, 두 점까지 깨 있노라면 공연한 일에도 짜증을 내고 싶고 엉엉 울고 싶고 하지요.

그야 여러분도 그렇게 늦도록 깨어 있으신 일이 있기는 하겠지요. 가령 섣달그믐날 밤 같은 때 자면 눈썹이 센다**는 통에 온밤을 새우기도 하였겠고, 제삿날 제사 참례하느라고 또는 고사 지내는 구경하느라고 늦도록 잠 안 주무신 일이 더러 있겠지요.

그러나 노마는 매일입니다. 매일 그렇게 늦도록 깨어 있어야만 합니다. 더구나 그렇게 깨어 있다고 비빔밥이 생기는 것도 아니요, 시루 팥떡이 차례 오는 것도 아닙니다.

인제는 죽어도 더 참을 수 없게 졸릴 때 주인은,

"그만 문 닫어라."

하고 말합니다. 그러나 문 닫고 곧 잘 수 있는 것은 아닙니다. 설거지를 해야지요. 우동 그릇을 말짱하게 닦아서 선반에 올려놓고

---

* 점: 예전에, 시각을 세던 단위. 괘종시계의 종 치는 횟수로 세었다.
** 눈썹이 세다: 눈썹이 하얗게 되다.

개수통에 물을 버리고 상을 훔치고 하여야지요.

참말 일이 고됩니다. 아무렴, 어른이라도 고되지요.

더구나 겨울에는 견딜 수 없는 노릇입니다. 배불리 먹지 못하고 뜨뜻하게 입지 못한 노마는 아무리 배에다 힘을 주고 으스러지라고 이를 악물고 하여도 쉴 사이 없이 온몸이 덜덜덜 떨립니다. 두어 군데 배달을 갔다만 와도 손발이 꽁꽁 얼지요. 그 뜨뜻한 우동 국물을 흠씬 좀 마셨으면 한결 나을 듯싶습니다마는, 누가 그걸 먹으라고 줍니까?

배달 한 가지만 하더라도 자전거가 있으면 얼마쯤 낫겠지요. 그러나 노마가 있는 우동집에는 자전거가 없습니다. 그래, 겨울이면 노마는 꽁꽁 언 행길 위를 또는 눈 쌓인 거리 위를 모가지를 움츠리고 나다니지 않으면 안 됩니다. 손등이 겨우내 터지는 것은 말할 것도 없고 발가락이 제일 이 빠지는 것같이 아픈 때는 노마는 남몰래 울기까지 합니다.

어느 일요일.

동짓날이건만 궂은비가 아침부터 내리는 날이었습니다. 노마는 찢어진 지우산*을 받고 아저씨 집을 찾아갔습니다. 동소문을 나서 삼선평 벌판을 지나 그래도 조금 더 가야 아저씨 집입니다.

일요일이라 아저씨는 집에 있었습니다.

---

* 지우산: 기름 먹인 종이로 만든 우산

노마가 들어오는 것을 보고 방에서 신문을 보고 있던 아저씨가,

"너 오래간만이로구나."

부엌에서 아침 설거지를 하고 있던 아주머니가,

"아이그, 비 오는데 어떻게 왔니?"

바지 괴춤*을 여미면서 뒷간에서 나오던 올해 일곱 살 되는 사촌 동생이,

"언니**, 무어 사 왔수?"

노마는 아저씨와 아주머니에게 차례로 인사를 하고 다음에 사촌 아우를 향하여 말하였습니다.

"오! 돌석이 잘 있었니? 저…… 이번에도 못 사 왔단다."

하고 노마는 얼굴에 호젓한*** 웃음을 띠었습니다.

"난 싫여, 난 싫여!"

하고 돌석이는 몸부림을 하면서

"지난번에두 안 사 오구. 이번엔 꼭 사 온다더니 이번에두 안
사 오구……. 난 싫여, 난 싫여……."

하고 연해 노마를 조르는 것을 아저씨가,

"저놈이 암만해두 매를 맞으려구 저러지."

아주머니가,

---

* 괴춤: '고의춤'의 준말. 고의춤이란 고의(남자의 여름 홑바지)를 접어 여민 허리 부분과 몸 사이
　를 말한다.
** 언니: '형'을 나타내는 옛말
*** 호젓하다: 매우 홀가분하여 쓸쓸하고 외롭다.

"언니 올 때마다 그렇게 조르면 인제 다시 언니가 안 온다."

그리고 노마를 향하여,

"어서 방으로 들어가거라. 추운데 한데* 섰지 말구."

노마가 방으로 들어가자,

"이리 와 앉어라."

하고 아저씨는 아랫목으로 노마를 끌어 앉히고,

"그래, 우동 장사는 잘되는 모양이냐?"

"아주 세월이 없어요**."

"그래두 요즈막은 날씨가 추우니까 더 좀 팔리겠지."

"웬걸, 그렇지 못해요."

"웬일일까? 게가 우동 장사하기는 아까울만치 자리가 좋은데……."

"그런 게 아니라 그 건넛집이 말이에요……."

"건넛집이라니 잡화상?"

"아니요. 두 집 걸러 왜 담배 가게 있죠?"

"그래, 그래."

"그 집에서 한 달 전부터 우동 장사를 시작했답니다."

"허허……."

"그 집은 주인집보다 돈두 많죠, 안두 넓죠, 게다가 자전거가 있죠. 그러니 경쟁이 되겠습니까?"

---

* 한데: 사방, 상하를 덮거나 가리지 아니한 곳. 곧 집채의 바깥을 이른다.

** 세월이 없다: '장사가 잘되지 않아요.'의 뜻

"허허……, 그거 안됐구나."

"……."

"그래두 더러야 손님이 있겠지."

"그야 더러두 없어서야 어떡허겠습니까?"

아저씨는 잠깐 고개를 끄덕이다가 생각난 듯이,

"그래두 네 월급이야 주겠지."

"월급이 뭡니까? 이달에 두 달 치나 못 받았답니다."

"그래서야 어떡허니. 자꾸 채근을 해라."

"그야 때때루 말해 봅니다마는 '며칠만 참아라, 며칠만 참아라.' 하구 어디 주어야죠? 또 실상 돈두 없긴 하죠."

"그래두 안 된다. 그런 것 두 달, 석 달 밀리면 뜨기 쉽다. 너 얼마지? 4원?"

"3원이요."

"그러면 두 달 치면 6원이로구나."

아저씨는 몸을 잠깐 좌우로 흔들면서 수염도 아니 난 턱을 손으로 어루만지고 있다가

"오늘이래두 비가 좀 뜸하면 내 가서 주인보구 말하마."

이런 이야기를 하고 있을 때 문밖에서,

"성칠이."

하고 아저씨 찾는 소리가 들립니다.

아저씨를 찾아온 손님은 아저씨와 한 공장에 다니는 사람입

니다.

"자! 나가세."

"어디로?"

"이 사람아, 넓은 장안* 천지에 갈 데 없겠나?"

"그래도 비가 오니……."

"비? 여기 우산 있네."

"글쎄, 우산이야 어떻든."

"어서 잔말 말고 따라나서기만 하게."

"글쎄……."

손님과 아저씨는 이러한 말을 주고받고 한 뒤에 끝끝내 아저씨는 옷을 갈아입고 손님을 따라나섰습니다.

"내 잠깐 다녀 들어올 테니, 노마 가지 말고 있거라."

이렇게 말하고 아저씨가 나간 뒤에, 노마는 아주머니하고 이 얘기 저 얘기 하느라고 시간 가는 줄 모르고 앉았다가 오정** '뛰' 부는 소리에 놀라,

"어이, 그만 가야죠."

"왜, 어느새 갈려구 그러니? 점심이나 먹구 천천히 놀다 가지." 하고 아주머니는 버선 깁던 손을 멈추고 말하였습니다.

그야 아주머니가 그렇게 말하지 않더라도 노마는 할 수만 있으면 그렇게 하고 싶었습니다.

---

* 장안: 수도라는 뜻으로, 서울을 가리킴.
** 오정: 낮 열두 시, 정오

밖에 비가 오고 날이 춥고 한 만치 따뜻한 아랫목에서 두 시간이나 자리를 잡고 있었던 엉덩이는 아주 들기가 싫었고, 오랫동안 음식다운 음식을 먹어 보지 못한 노마는 다만 통김치 한 가지만으로라도 밥 한 주발 다 먹고 싶었습니다.

그러나 우동집 주인에게,

"잠깐 다녀오겠습니다. 오정 안에는 오죠."

하고 말하고 나온 것을 생각하면 그만 일어나 가 봐야만 하였습니다.

"오늘은 그만 가 봐야 해요. 또 틈 있는 대로 오죠."

하고 노마는 마루로 나왔습니다.

그러나 그가 신발을 신고 섬돌을 내려서 보니 가지고 온 우산이 없습니다.

"무얼 그렇게 찾니?"

하고 마루로 따라 나온 아주머니가 묻습니다.

"우산이요. 분명히 여기다 아까 세워 놓았었는데요."

"그럼, 그게 어디 갈 리가 없는데 웬일일까?"

그러나 그것은 찾아보아야 아무 소용이 없었습니다. 노마 우산은 아저씨가 받고 나갔던 것입니다. 아저씨의 박쥐우산*은 저번에 비가 오던 밤에 어디서 술이 취하여 살을 셋이나 부러뜨려 가지고 온 채 이때까지 고치지를 않았던 것입니다.

---

* 박쥐우산: 가는 쇠로 살을 만들고 헝겊으로 씌운 우산. 펴면 박쥐가 날개를 편 것과 같은 모양이다.

"네 우산을 받고 나가셨으니 곧 오시겠지. 점심이나 먹고 좀 더 앉았으렴."

아주머니는 퍽 미안해하며 이렇게 말하였습니다.

"글쎄요."

하고 마루 끝에 가 앉아서 노마는 어떻게 하여야 좋을지를 몰랐습니다.

언제 돌아올지 알 수도 없는 아저씨를 멀거니 앉아서 기다리고 있을 수도 없는 일이요, 그렇다고 해서 우산 없이 갈 마음도 생기지 않습니다. 그것이 노마 우산이면야 무슨 상관 있겠습니까만, 성미 까다로운 주인의 우산이라 만약 아저씨가 잘못하여 심하게 부는 바람에 뒤집혀나 놓는다든지 하면 그를 어쩌나 하고 염려가 무척 됩니다.

노마가 그런 걱정을 하고 있거나 말거나 상관하는 일 없이 아저씨는 다 저녁때나 되어서야 돌아왔습니다.

어디서 또 술을 먹었는지 얼굴이 시뻘건 것이 보기에 무섭고, 허청허청 걷는 걸음걸이가 퍽이나 위태하였습니다마는, 그래도 무어 술주정을 하여 남을 못살게 군다거나 그러는 사람은 아닙니다. 다만 술을 먹은 뒤에 잔소리가 심한 것이 병통*이라면 병통입니다마는.

---

* 병통: 병

아저씨는 방으로 들어와서 방바닥에 가 펄썩 주저앉더니,

"후유."

하고 술 김을 뿜은 뒤에 옆에 노마와 돌석이가 있는 것도 모르는 듯이 한참을 고개를 푸욱 숙이고 있다가 생각난 듯이 주머니를 뒤져 담뱃갑을 꺼냈습니다. 그리고 성냥을 찾는 모양이더니 그제야 노마가 한구석에서 풀이 죽어서 앉아 있는 것을 보고 눈을 휘둥그렇게 떴습니다.

"너, 노마 아니냐?"

"네."

하고 노마는 역시 풀이 죽어 대답하였습니다.

"우동집 주인이 찾을 텐데, 왜 어서 가 보지 않구 그러구 앉았니, 응?"

아저씨는 술 먹어 시뻘게진 눈을 홉뜨고* 꾸짖는 듯이 말하였습니다.

"……."

노마는 대답을 안 했습니다.

"얘, 노마야."

"……."

"얘, 왜 어른이 부르는데 대답을 안 하니, 응?"

"……."

---

* 홉뜨다: 눈알을 위로 굴리고 눈시울을 위로 치뜨다.

　"노마야."

하고 아저씨는 소리를 질렀습니다. 노마는 풀이 죽은 데다 거의
울가망*이 되어

　"네……."

하고 간신히 대답하였습니다.

　"남의 집에서 일 보는 아이가 밖에 나왔으면 잠깐 다녀 들어갈
　것이지 왜 입때** 이러고 있니?"

• 울가망: 근심스럽거나 답답하여 기분이 나지 않음.
•• 입때: 지금까지. 또는 아직까지

하고 아저씨는 자기가 노마 우산을 가지고 나가서 이제야 들어오기 때문이라는 것은 전연 생각 않고 또 한 번 노마를 나무랐습니다. 그러자 노마가 채 그 말에 대답할 수 있기 전에 부엌에서 저녁 준비를 하고 있던 아주머니가 말하였습니다.

"노마가 어디 있구 싶어서 있었수? 임자가 그 애 우산을 가지구 나가서 이제야 들어오니 그렇게 됐지. 임자가 일을 그렇게 만들어 놓고 공연한 아이 탓은……."

아저씨는 깜짝 놀란 눈을 하여 가지고 그 말을 듣고 있다가 무릎을 탁 치고,

"옳아, 옳아. 일이 그렇게 됐군."

하고 노마 편을 향하여,

"참, 내가 네 쥔을 만나 보구 왔다."

"언제요?"

"언제는. 지금이지, 지금 바로지."

"……."

노마는 못 미더운 듯이 아저씨의 얼굴을 쳐다보았습니다. 아저씨는 그런 것 알은체하지 않고,

"내가 쥔보구 막 야단쳤다. 아이를 죽도록 부려 먹구 두 달씩 돈 안 주는 법이 어디 있냐구 막 야단쳤다……. 아무렴, 막 야단쳤지. 파출소로 가자구 막 야단쳤지. 그랬더니 그놈이 아주 겁이 나서 빌더라. 또 누구 하나 우동 먹으러 왔던 작자두 용서해 주라구 빌구……. 그래, 용서해 줬지. 그러구 게서 그 작자

하구 또 한잔했지. 하구…… 외상으로 먹는 것 보니까 단골인가 보더라. 놈이 누구하고 쌈을 했는지 온통 머리에다 붕대루 모자를 해 썼더라."

노마는,

'그러면 그것이 오 서방이로구나.'

하고 생각하면서, 그러나 그런 것보다도 정말 아저씨가 주인에게 가서 그렇게 막 으르딱딱거리고* 왔다면 걱정인데 하고 적잖이 걱정이 됩니다.

노마는 풀이 죽어서 아저씨 집을 나섰습니다.

"이왕 늦었으니 아주 저녁을 먹구 가렴."

하고 아주머니가 말하고 또 아저씨도,

"그놈 내가 그렇게 말해 놨으니 관계없다. 천천히 놀다가 가렴."

하고 호기 있게 늘어놓았건만 노마는 그냥 나와 버렸습니다. 사실은 아주머니 말대로 저녁이라도 아주 먹고 갈까 하고 생각 안 해 본 것이 아닙니다마는, 아저씨가 그렇게 호기 있는 말을 하는 것을 들었을 때, 노마는 그곳에 가 그렇게 태평으로 앉아 있을 수가 없었던 것입니다. 아저씨는 정신을 잃도록 술에 취한 것은 아니었습니다. 그러니까 그가 한 말은 터무니없는 거짓말이 아닐

---

* 으르딱딱거리다: 무서운 말로 위협하며 자꾸 을러대다.

것입니다. 아저씨가 자기 친구와 술을 먹으러 나갔다가 노마 있는 우동집에 들른 것은 아마 사실일 것입니다. 단골로 와서 외상을 먹고는 월말에 계산하는 오 서방과 만난 것이 그 증거일 것입니다.

노마는 동소문을 지나오며 아저씨가 하던 말을 되생각하여 보았습니다.

"내가 쥔보구 막 야단쳤다. 아이를 죽도록 부려 먹구 두 달씩 돈 안 주는 법이 어디 있냐구 막 야단쳤다⋯⋯. 아무렴, 막 야단쳤지."

하고 신이 나게 이야기하던 것을 생각하면 노마는 제풀에 찔끔하지 아니할 수 없었습니다. 더구나,

"파출소로 가자구 막 야단쳤지."

하던 것을 보면 엔간히나 법석을 했는지도 모를 일입니다.

만약 주인이 아저씨한테 정말 그렇게 야단을 만난 것이라면 인제 그 앙갚음이 노마에게 돌아올 것이 아니겠습니까?

"공연히 아저씨는 술이 취해 가지구."

하고 노마는 은근히 아저씨를 원망하였습니다. 사실 말이지 아저씨가 그렇게 야단을 쳤다고,

"그러면 자, 옛수."

하고 얼른 두 달 치 월급을 갖다 바칠 것도 아닐 것입니다. 더구나 주인은 이후 열흘에 한 번이라도 다시 아저씨에게 야단을 만날 것은 아닐 테요, 밤낮 얼굴을 맞대는 것이 만만한 노마니까 이

제 노마는 죽도록 부려 먹히게 될 것입니다. 아니, 오늘 당장으로 어떠한 앙갚음을 받을지 모르는 일입니다.

"차 타구 가거라."

하고 아저씨가 준 10전짜리 백동전*이 주머니에 있었습니다마는, 노마는 버스를 탈 생각도 않고, 비 오는 거리를 터덜터덜 걸어가며 되풀이 되풀이 그 생각만을 하였습니다.

자기가 내어 디디는 한 걸음 한 걸음이 자기의 '주인'이 기다리고 있는 '우동집'과 가까워지는 것이라는 것을 생각할 때 노마는 다리에 기운이 없었습니다. 노마의 눈앞에 쉴 사이 없이 주인의

• 백동전: 은백색 동전

성난 얼굴이 떠올랐습니다.

'어쩌면 좋아, 어쩌면 좋아.'

하고 노마는 쌀쌀하게 부는 바람에 몇 번인가 부르르 몸을 떨면서 애를 태웠습니다.

그러나 무슨 좋은 도리라고는 하나도 없는 듯싶었습니다.

저도 모를 사이에 어느 틈엔가 우동집 앞에까지 와 있는 제 자신을 깨달았을 때 노마는 질겁을 하다시피 한 걸음 뒤로 물러났습니다. 그리고 또 잠깐 동안 망설거리다가,

'경을 칠* 듯하거든 아저씨한테로 도망가지.'

하고 마음을 정하고 조심조심 안으로 들어갔습니다.

안에는 주인 한 사람만이 가마 앞에 가 멀거니 앉아 있었습니다. 후루룩후루룩 소리를 내어 가며 우동을 먹고 있는 손님은 한 사람도 없었습니다.

노마가 들어오는 것을 보고도 주인은 모른 체하고 있습니다. 노마는 흘낏흘낏 주인의 기색을 살피면서,

"지금 오는 길이에요."

하고 인사를 하였습니다.

주인은 아무 대답도 안 했습니다. 그러나 그렇게 보아서 그런지 좀 더 이맛살을 찌푸린 것같이 생각되었습니다.

---

* 경을 치다: 호된 꾸지람이나 벌을 받다.

노마는 지우산을 한옆으로 놓고 행주를 들어 탁자를 훔쳤습니다. 주인이 자기를 노려보는 모양이 곁눈에 느껴졌습니다.

"바쁜데 온종일 나가 있으면 어떡헌단 말이냐?"
하고 주인은 마침내 입을 열었습니다.

노마는, '인제 시작이로구나. 인제 벼락이 내리려나 보다.' 하고 찔끔하였습니다. 그러면서도 손님 한 사람 없이 쓸쓸하기가 그야말로 '대신집 문전' 같은데 바쁘니 무어니 하는 주인의 말이 퍽이나 우습다고 노마는 생각하였습니다. 그러나 그 즉시 이렇게 손님이 없어 궁상만 하고 있는 데다가 술이 잔뜩 취한 노마 아저씨에게 난데없이 그러한 야단을 만났으니 그 처지가 딱하다고 주인의 마음속을 동정하기조차 하였습니다.

"고려 모자점하고 약국집에 갔다 오너라."
하고 주인은 노마를 더 나무라지 않고 심부름을 시킵니다.

"배달입니까?"
하고 노마는 속으로, '그래두 한두 그릇은 팔리는군.' 하고 생각하려니까,

"아니, 외상값을 받어 오너라."
하고 주인은 제풀에 볼멘소리를 합니다.

노마가 모자 가게에서 10전하고, 약국집에서 5전하고 도합 15전을 받아 오니까 주인은 그중에서 5전을 도로 노마를 주며 마코*

• 마코: 1930년대의 비교적 싼 담배

를 한 갑 사 오라고 합니다. 노마는 담배도 먹지 못하고 초연하게 앉아서 자기가 돌아오면 외상값이나 받아 오랄 작정으로 있었을 주인의 정경을 생각하니 제 월급을 두 달 치나 안 준 주인이건만, 역시 가엾은 생각을 금할 수 없었습니다.

이 집과 반대로 한길 건너 가게에서 하는 우동 장사는 아주 번창할 대로 번창하였습니다. 아이 하나, 자전거 한 대로는 이루 당해 내지 못하도록 주문이 들어오고, 물론 안으로 들어가서 먹는 사람도 많았습니다. 원래가 밑천이 있이 하는 장사라 그와 경쟁을 하려면 웬만큼 돈이 있어야 하는 것을, 이렇게 그날 당장 못 팔면 '마코' 한 갑 사 먹는 데도 쩔쩔매게 되는 형편이라 승부는 뻔한 일이었습니다.

섣달 초아흐렛날은 노마의 생일입니다. 부모 없고 집 없는 노마에게 생일이라고 별일이야 있겠습니까마는 그래도 동소문 밖 아저씨가 아침을 먹으러 오라고 전날 기별을 하였습니다.

아침에 노마는 몇 번인가 주저한 끝에 주인을 보고 말하였습니다.

"잠깐만, 저…… 아저씨 집엘 다녀와야겠는데요."

주인은 무표정한 얼굴로 고개를 끄덕였습니다. 노마가 낡은 목실모를 집어 쓰고 밖으로 나가려 할 때 주인은 생각난 듯이,

"노마야."

하고 불렀습니다.

"오늘이 참 네 생일이라지……."

그리고 잠깐 있다가 주머니에서 50전 은화를 한 푼 꺼내서 노마의 손에 쥐여 주며,

"무어 먹고 싶은 거라도 사 먹어라."

노마는 어제 종일 수입이 65전밖에 안 되는 것을 잘 알고 있습니다. 그것을 알고 있는 노마였던 까닭에 제 월급을 석 달째 못 받고 있음에도 불구하고 그 은전을 말없이 주인에게서 받기가 어려웠습니다. 그래 노마는 주인을 보고 말하려 하였습니다. 그러나 주인은 미리 손을 내저으며,

"어서 가 봐라."

하고 외면을 합니다.

노마는 또 잠깐 그곳에서 있다가 마침내,

"그럼 다녀오겠습니다."

하고 인사한 뒤 밖으로 나왔습니다.

밖은 몹시 춥고 또 살을 에는 바람이 진저리 치게 불고 있었습니다. 노마는 돌석이 갖다줄 왜떡*을 10전어치 사 들고 전차를 타고 동소문으로 갔습니다.

"오느라고 퍽 추웠겠구나. 어서 방으로 들어가자."

하고 아주머니가 물 묻은 손을 행주치마에 씻으며 부엌에서 나왔습니다.

---

* 왜떡: 과자

"언니!"

하고 돌석이가 방에서 소리쳤습니다. 아저씨는 공장에 나가고 없었습니다.

"돌석아, 너 좋아하는 것 사 왔다. 자! 먹어라."

노마는 과자 봉지를 내놓았습니다.

"돈 귀한데 무얼 또 사 왔니?"

아주머니는 노마를 책망하듯이 말하고,

"참, 네 월급이나 좀 받았니?"

"받긴 무얼 받아요. 그대루죠. 사실 돈 몇 환이라도 주인 주머니 속에 있는 눈치를 보아야 말이라두 해 보죠."

"그렇게 흥정이 없니?"

"어제 종일 판 게 65전이랍니다."

"저런……."

"그저께는 70전이구요. 근래 와서 1원 넘어 팔아 본 일이 몇 번 못 되니까요."

"그래서야 어디 집세나마 치러 가겠니?"

"집세가 다 무엇입니까? 오늘 제가 나올 때 맥없이 앉았다가 무어 먹고 싶은 거라도 사 먹으라고 50전 한 푼을 꺼내 줄 땐 퍽이나 가여운 생각까지 들어요."

이날 오정이 넘어 노마가 우동집으로 돌아왔을 때 밖에 빈지*

---

* 빈지: 한 짝씩 끼웠다 떼었다 하게 만들어진 문

가 닫혀 있었습니다. 대낮에 장사도 안 하고 이게 웬일일까 하고 노마는 뒤로 돌아갔습니다. 그러나 뒷문 역시 닫혔습니다. 노마는 잠깐 망설거리다가 그래도 그 안에서 무슨 소리가 나는 듯싶었으므로 가만히 문을 잡아 흔들었습니다. 아무 대답도 들리지 않았습니다. 노마는 또 잠깐 있다가 다시 문을 흔들었습니다.

"누, 누구요?"

주인의 혀 꼬부라진 목소리가 갑자기 들립니다.

"저예요, 노마예요."

하고 노마는 말하였습니다.

"가만있거라. 문 열어 줄게."

안에서 이렇게 말하는 소리가 들립니다.

주인은 대낮에 그렇게 가게 빈지를 달아 놓고 혼자 들어앉아 술을 먹고 있었던 것입니다.

그는 도저히 밑천 없이 이 장사를 더 계속하여 가지 못할 것을 깨달았던 것입니다. 자기가 한길 건너 담배 가게와 경쟁을 하여 갈 수 없다는 것을 속 깊이 느꼈던 것입니다. 서울 바닥에서 비싼 집세를 물어 가며 하루에 6, 70전 수입으로 무슨 장사를 하여 가겠습니까. 하루라도 더 장사를 계속한다면 하루라도 더 밑지고 말 것이 아니겠습니까.

주인은 노마가 들어온 뒤에 뒷문을 다시 걸어 놓고 노마를 보고 가마에 불을 지피라고 말하였습니다.

노마는

"왜요?"

하고 물어보려 하였습니다마는 그렇게 말하는 주인의 말소리에 어딘지 모르게 비통한 느낌이 있었으므로 말없이 가마에 불을 지폈습니다.

주인은 노마가 가마 앞에 가 붙어 있는 사이에도 짠지*쪽을 안주 삼아 혼자서 연거푸 술잔을 기울이고 있었습니다. 그러다가 생각난 듯이 노마를 돌아보고,

"얘, 가서 고기 10전어치만 사 오너라. 오는 길에 담배 한 갑하고……."

노마는 그 심부름을 하였습니다.

주인은 자리에서 일어나 가마 앞으로 왔습니다. 그리고 자기 재주껏 맛나게 우동 두 그릇을 만들었습니다.

"얘, 노마야, 이리 와 앉어라."

하고 주인은 노마를 맞은편에다 앉히고,

"자! 우리 같이 우동을 먹자."

노마는 말없이 자리에 앉아 젓가락을 들었습니다.

주인의 이러한 행동이 무엇을 의미하는 것인지 어린 노마는 확실히 알아내지를 못하였습니다마는 그래도 어쩐지 언짢고 슬픈 생각을 금할 수가 없었습니다. 두 사람은 서로 말없이 한동안을

• 짠지: 무를 통째로 소금에 짜게 절여서 묵혀 두고 먹는 김치

후루룩후루룩 소리를 내어 가며 우동만 먹었습니다.

그러자 노마는 후루룩 소리 말고 다른 소리를 들은 듯이 생각하였습니다. 그는 이때까지 숙이고 있던 고개를 들어 맞은편에 앉아 있는 주인을 보았습니다. 주인은 반도 채 못 먹은 우동 그릇을 앞에다 놓고 흑흑 느껴 울고 있었습니다.

"왜 그러세요? 왜 우세요?"

하고 노마는 황급하게 물었습니다마는 주인은 대답 없이 소리조차 내어서 울기만 합니다.

주인은 이제 이 장사를 그만두려는 것이었습니다. 그래, 손님이 와서 사 먹지도 않는 술을 홧김에 자기 혼자 실컷 들이켠 것입니다. 노마를 보자 노마 월급을 이제까지 주지 못한 것이며, 추운데 손등이 온통 터진 것이며…… 그러한 것이 생각되어 노마가 퍽이나 가여웠으므로 마지막으로 그렇게 우동을 만들어 먹인 것입니다.

그 말을 듣고 노마도 슬퍼져서 저도 모르게 엉엉 주인을 따라 울었습니다. 얼마 있다 주인은 울음을 그치고,

"노마야."

하고 불렀습니다. 그리고 어디서 어떻게 변통*을 하였는지 돈 4원을 꺼내 노마 앞에 놓았습니다.

"내가 장사를 그만둘 때 그만두더라도 부모두 없는 어린 네 월

---

* 변통: 돈이나 물건 따위를 마련함.

급이야 어떻게든 해 주려 하였건만 그것도 마음처럼 안 되는구나. 석 달 치 9원에서 4원밖에는 못 하겠다. 외상값 못 받은 것을 모두 쳐 보니 이러저러 18원 된다마는 몇 달 전에 못 받고 못 받고 한 것들이니 한 반이라도 걷어 받기는 힘이 들 게다. 내 모두 네게 맡기는 것이니 받을 수 있는 건 받아서 너나 써라…….”

주인은 말을 하고 나서 “후유.” 하고 한숨을 내쉬었습니다.

밖에는 어느 틈엔가 싸락눈이 내리기 시작합니다.

설달그믐이 가까운 날이었습니다. 노마는 고려 모자점으로 오 서방을 찾아갔습니다. 노마는 오 서방이 우동집에 지고 있는 외상값 55전을 받으려는 것입니다. 물론 이번이 처음 찾아가는 것이 아닙니다. 처음이 무어예요. 쳐 보면 주인이 우동집을 그만둔 뒤로 꼭 일곱 번째입니다.

첫 번 네 번은 일껏 모자점으로 찾아가서도 만나지를 못하였습니다. 오 서방이란 사람은 그 모자점에 있는 사람이 아니라 거기 놀러 다니는 사람인 까닭이에요. 직업은 어느 회사 외교원*이라 하지만, 물론 자세한 것을 노마는 알 수 없었습니다.

다섯 번째 가서 겨우 만났는데 당장 가진 돈이 없다는 구실로 사흘 뒤에 오라고 기한을 줍니다. 노마는 사흘 뒤에 다시 가 보았

---

* 외교원: 은행이나 회사에서 선전, 판매를 위하여 고객을 방문하는 일이 주된 업무인 사원

지요. 그랬더니 더 핑계 댈 것도 없던지 오 서방이란 사람은 생각 생각 끝에,

"영수증을 써 오너라."

하고 불쑥 그런 말을 합니다그려.

노마는 잠깐 동안 어이없이 오 서방의 얼굴만 쳐다보았습니다.

사실 그럴 밖에 더 있겠습니까? 그래, 어떤 우동집에서 아는 손님한테 외상을 주어 놓고 나중에 받을 때 영수증을 쓰지 않으면 안 되는 데가 있겠습니까?

노마는 한참이나 오 서방 얼굴을 쳐다보면서 이런 사람에게 단돈 1원도 못 되는 것을 받으러 동소문 밖 아저씨 집에서부터 몇 번씩이나 이렇게 찾아오고 찾아오고 한 것을 생각하니 슬며시 눈물조차 나려 합니다. 우동집 같은 데서 심부름하던 아이라고, 아무도 돌보아 주지 않는 아이라고 그렇게 사람을 업신여기고 놀리고 시달리고 하여도 좋습니까?

그런 것을 생각하니 견디지 못하게 분하고 슬퍼 거의 울가망이 되어 노마는 소리쳤던 것입니다.

"영수증을 써 오라구요? 그러면 언제 당신은 우동 먹을 때 다만 얼마라도 계약금 내고 자셨어요?"

이것이 바로 어제저녁 때 일입니다. 노마는 악이 나서 오늘 일곱 번째 오 서방을 찾아간 것입니다. 그의 주머니 속에 공책에서 뜯어 낸 종이 한 장이 들어 있습니다. 그곳에는 서투른 솜씨로,

영수증
일금 오십 전

이러한 글씨가 씌어 있었습니다.

그러나 모자집에 오 서방은 없었습니다. 전후 사정을 다 알고 있는 모자점의 젊은 점원은 노마를 가엾다고 생각하였던지 난로 옆으로 와 앉으라고 자리를 주고, 그리고 어쩌면 조금 있으면 오 서방이 돌아올 듯싶으니 기다리라고 일러 줍니다.

노마는 그곳에서 세 시간이나 있었습니다. 저녁 전에 온 것이라 밥때도 놓치어 배도 엔간하나 고팠습니다마는 그래도 그는 오 서방 오기를 기다리고 있었습니다. 그러는 동안에 포근한 난로 옆에서 어느 틈엔가 노마는 잠이 들었던가 봅니다.

"얘, 어디서 자니? 깨라, 깨라."

후끈후끈한 통에 저도 잠깐 졸고 있었던 젊은 점원이 노마를 흔들어 깨웠습니다. 쳐다보니 기둥에 걸린 시계는 벌써 열 점 반을 가리키고 있습니다.

'이제 얼마 안 있어 오 서방이 오겠지. 오 서방을 만날 때까지는 밤이 새도록 예서 기다리리라.'

이렇게 잠깐 생각한 노마였습니다마는 어인 까닭일까요, 저 모르게 눈물이 두 줄 뺨을 흘러내립니다. 노마는 젊은 점원에게 보이지 않으려고 눈물 흐르는 얼굴을 잔뜩 수그리고 있었습니다마는 갑자기 참지 못하고 걸상에서 몸을 일으켜 밖으로 나갔습니다. 그리고 앞뒤 생각 없이 겨울 밤중의 쓸쓸한 거리를 달음질쳐 갔습니다. 전등 달린 전신주 밑에까지 와서 노마는 걸음을 멈추었습니다. 그리고 생각난 듯이 주머니에서 그 영수증을 꺼내 들었습니다.

　노마는 잠깐 그것을 들여다보고 있다가 부욱 두 쪽으로 찢었습니다. 그리고 또 잠깐 있다가 기운 없이 그것을 한길 위에 내어 버리고 노마는 엉엉 소리조차 내어 울면서 어둔 길을 걸어갔습니다.

5

턱수염

최나미

어떻게 읽을까?

① 주인공이 자신의 환경과 처지를 어떻게 받아들이고 있으며, 그것이 아버지에 대한 감정에 어떻게 영향을 미치는지 생각해 보세요.
② 아버지를 바라보는 주인공의 시선과 감정이 어떻게 변하는지 살펴보세요.

"오늘 청소 당번 어디지?"

"……."

집에 갈 준비로 서두르느라 선생님 말에 대답하는 아이가 없다.

"지난주 청소는 어디가 했지?"

선생님이 짜증스럽게 다시 묻는다.

"샛별마을 아파트요!"

"그럼 이번 주는……."

"나머지 동네요!"

회장 말에 아이들이 킬킬거린다.

나는 오늘 청소 당번이다. 나머지 동네에 살기 때문이다. 우리 반은 청소를 분단별로 하지 않는다. 탄천 건너 샛별마을 아파트 조, 학교 쪽 초록마을 아파트 조, 그리고 아파트에 살지 않는 우리 동네하고 다른 곳에서 오는 아이들을 한 조로 청소 당번을 나눈다. 아이들은 내가 청소하는 조를 나머지 동네라고 부른다. 나는 동네별로 나누어서 하는 청소가 정말 싫다.

우리 가족은 신도시*에 산다. 엄마는 언덕 아래로 끝없이 이어

---

* 신도시: 대도시와 가까운 곳에 계획적으로 개발한 새 주택지

진 아파트들을 보며 저렇게 많은 아파트마다 다 임자가 있다는 게 신기하다고 했다. 하지만 그렇게 많은 아파트로도 아직 부족한 모양이다. 낡은 주택으로 가득한 언덕 꼭대기 우리 동네에도 얼마 있으면 아파트 단지가 들어선다는 소문이다.

내가 우리 아버지한테 가장 듣기 싫은 말이 아파트가 들어서기 전에는 이 동네가 어땠다는 얘기다. 옛날에 탄천에서 고기 잡고 뒷산에 올라가 나무 열매 따던 일이 뭐 그리 대단한 거라고 걸핏하면 그 얘길 꺼내는지 모르겠다. 아버지 말로는 이 동네에서 태어나고 자랐으니 아마 아버지가 지금 여기 사는 누구보다 오래 살았을 거라는 거다. 오래 살았다고 해서 꼭 잘살라는 법은 없다. 큰 평수 아파트가 득실대는 우리 동네에서도 우리 집은 가장 좁은 임대 아파트였다. 그것도 아버지가 교통사고를 내기 전 일이지만.

그 사고로 우리 식구는 오랫동안 살았던 집을 잃었다. 잃은 것은 집뿐이 아니다. 아버지는 택시 운전 일자리를 잃었고, 엄마는 한동안 말을 잃었다.

얻은 것도 있었다. 이사하던 날, 엄마는 우리가 살던 집을 올려다보다 말고 아파트 화단 앞에 웅크리고 앉아 사람들이 내다 버린 화분들을 뒤적였다. 그러더니 가장 볼품없는 화분 하나를 이삿짐 위에 실어 놓았다. 꽃줄기는 댕강 잘려 무슨 꽃인지도 알 수 없는 데다가 줄기도 바싹 말라 죽은 거나 다름없었다. 말수를 잃은 엄마는 틈만 나면 화분을 돌보았다. 나는 그 화분만 보면 화가 났다. 우리가 살던 집에서 쫓겨난 분풀이를 하듯 하나씩 피기 시작한 꽃잎을 엄마 몰래 슬쩍 따서 버리기 일쑤였다.

내가 잘 모르던 아버지 모습을 보게 된 것도 그 사고 이후였다. 아버지는 입에도 대지 않던 술을 엄마나 나보다 더 좋아하게 되었다. 술을 마시면 동네가 떠나가라 소리를 질렀고, 하다 하다 지치면 아무 데나 쓰러져 큰 소리로 울었다. 엄마와 나는 이웃 사람들 전화를 받고, 캄캄한 밤에 아빠를 데리러 몇 번이나 나갔는지 모른다. 지금 내가 사는 이 나머지 동네에서 말이다.

나머지 동네 청소 당번들이 청소하는 날은 유난히 조용하다. 새 학년이 시작된 지 몇 달이 지났지만 저마다 사는 동네가 달라서인지 청소가 끝나도 별말 없이 교실을 나가곤 했다.

교실에 아이들이 서너 명 남았을 때 나는 운동장으로 서둘러 나왔다. 혹시 공차기라도 함께 할 친구가 있을까 싶어서다.

고등학생 형들이 농구를 하다 내게 손을 흔들었다. 나는 꾸벅 인사를 하고 학교 건물 옆 울타리 쪽으로 걸어갔다. 울타리에 난 개구멍으로 나가면 바로 탄천 건너는 다리가 나온다. 집에 빨리 가고 싶어서 개구멍으로 가는 건 아니다. 어물어물하다 형들한테 잡히면 저녁 늦게까지 꼼짝도 못 하고 심부름만 하게 될까 봐서다. 지난번 청소를 마치고 저 형들한테 붙잡혀서 학교 뒷산에 끌려갔다. 형들이 담배 피우는 동안 망보고 뒷정리까지 하는 바람에 아주 늦게 집에 갔다.

나는 건물 모퉁이를 돌다가 울타리 화단 앞에 앉은 효주와 지영이를 보고 급하게 몸을 숨겼다. 날은 어둑어둑해지는데 둘은 뭐가 재미있는지 일어날 기미가 없다. 울타리 쪽을 돌아보기도 하고 고개를 숙인 채 소곤거리다 손뼉을 치며 웃기도 했다. 개구멍으로 나가려면 효주와 지영이 앞을 지나가야 하는데…….

'아이씨, 하필이면 개구멍 앞에 앉아 있는 거야?'

어쩐지 효주와 지영이 앞을 지나 개구멍으로 나갈 일이 아뜩하게 느껴졌다. 효주만 아니라면 아무렇지 않게 나갈 수 있을 텐데. 나는 둘이 자리를 뜰 때까지 참고 기다리기로 했다. 그러고 보니 며칠 전에도 둘은 저곳에 있었다.

바람에 효주의 머리카락이 나풀거리자 효주가 머리를 만지며 환하게 웃었다. 지영이가 일어나자 효주도 따라 일어났다. 둘의 모습이 반대편으로 사라지고 난 뒤에도 나는 선뜻 나서지 못했다.

'이런 데 둘이 앉아서 무엇을 한 걸까?'

나는 효주와 지영이가 앉았던 자리를 훑어보며 생각했다.

울타리 바로 앞 화단은 개구멍을 드나드는 아이들 발길로 화단이라고 할 수가 없다. 군데군데 망가진 울타리며 무릎까지 자란 잡초는 여기저기 밟히고 짓이겨져 그야말로 오래전부터 내팽개쳐진 곳이다. 더구나 개구멍을 드나드는 것은 원칙적으로 금지되어 있다. 으슥하고 지저분한 곳이라 여자애들은 거의 찾지 않는 곳이기도 하다. 효주나 지영이 같은 애들이 찾아올 곳이 아닌데…….

나는 발길에 닿는 풀들을 툭툭 차며 건들건들 개구멍 쪽으로 걸었다. 그러다 풀 사이로 삐죽 보이는 물건을 하마터면 밟을 뻔했다. 나는 그 자리에 웅크리고 앉아 내가 망가뜨릴 뻔했던 물건을 들여다보았다. 가지런히 놓인 벽돌 두 개가 어쩐지 방금 전까지 있었던 효주와 지영이와 무슨 관계가 있는 것 같았다. 벽돌 두 개를 치우니 움푹 들어간 구멍에 작은 상자가 숨겨져 있었다. 갑자기 가슴이 뛰었다. 열어 보고 싶긴 한데, 뭔가 꺼림칙했다.

'에잇, 이렇게 궁금해하다간 나중에라도 다시 열어 볼걸. 차라리 지금 잠깐 보는 게 낫지, 뭐.'

나는 주위를 살피며 상자 뚜껑을 조심스럽게 열었다. 편지 몇

통과 일기장 한 권, 그 사이로 네 잎 클로버 따위가 눈에 들어왔다. 이거였구나, 둘이 정답게 앉아서 깔깔거리던 일이.

나는 상자를 얼른 닫고 원래 있던 곳에 도로 넣어 두었다. 그리고 지나가는 사람들 눈에 띄지 않게 풀을 뜯어 그 위에 덮었다. 효주와 지영이가 소중하게 생각하는 비밀을 어쩐지 지켜 주고 싶었다.

운동장에서 놀던 형들이 수돗가로 몰려가는지 웅성대는 소리가 들렸다. 곧 개구멍으로 몰려올 모양이다. 나는 얼른 개구멍을 통해 탄천으로 나왔다.

바람이 불자 탄천에서 묘한 냄새가 나 저절로 눈살이 찌푸려졌다. 좀 전에 효주 머리를 나풀거리게 하던 바람이었는데……

나는 효주가 좋다. 효주가 환하게 웃을 때면 입술 사이로 덧니가 살짝 보였다. 친절하고 싹싹한데다 덧니까지 예쁘다.

며칠 전에 효주 아버지가 일일 선생님으로 학교에 왔다. 선생님은 효주 아버지가 의사 선생님이라고 했다. 의사라면 근엄하든가 아니면 짜증스런 얼굴로만 상상했는데 효주 아버지는 친절하고 다정해 보였다. 효주는 아버지를 닮은 모양이다.

수업이 끝나자 효주가 아버지께 드리는 감사의 편지를 읽었다. 그러고 나자 효주 아버지는 효주를 보고 살짝 웃으며 윙크를 하는 거다.

"닭살이에요!"

"으! 너무 야해요!"

아이들은 책상을 두드리며 소리를 질렀다. 하지만 나는 그 순간 효주가 진짜 부러웠다. 저렇게 다정한 아버지라면 술 같은 건 마시지도 않을 거다. 소리를 고래고래 지르거나 우는 일 따위는 결코 하지 않을 것이다.

아버지를 생각하니 좋았던 기분이 싹 가시는 느낌이었다. 일찍 집에 들어가고 싶지 않았다. 탄천을 내려다보았다. 곳곳에 낚시하는 아저씨들이 낚싯대를 드리우고 앉아 있었다. 나는 천천히 다리 아래로 내려갔다. 비릿한 냄새가 코를 찔렀다.

'이런 똥물에도 고기가 있나?'

빨간 조끼를 입은 아저씨 옆으로 가서 쪼그리고 앉았다. 아저씨는 나를 흘끗 보고는 아무 말 없이 낚싯대 끝만 바라보았다. 나도 그랬다.

여름 방학을 한 달쯤 앞둔 어느 날, 우리 집에 특별한 일이 생겼다.

아버지가 임시이기는 하지만 마을버스 기사가 된 것이다. 아버지는 하고 싶어 하는 사람들이 줄을 섰는데 그 자리를 얻게 되었다며 좋아했다. 엄마가 아버지보다 더 좋아했다.

"거봐요, 내가 금세 좋은 일이 있을 거라고 했지요? 이제 됐어요. 요즘 자리 구하기 얼마나 어려운데……. 승권 아빠, 진짜 애썼어요. 조금만 애쓰면 정식 기사도 될 거예요."

솔직히 나는 그저 그랬다. 아버지가 전처럼 술을 많이 마시지 못할 테니 그건 좋다. 그뿐이다. 나는 아버지가 무슨 일을 하든, 관심이 없다. 임시 기사가 되었다고 우리가 나머지 동네를 떠나는 것도 아니고, 엄마가 남의 집 일을 그만두는 것도 아닐 것이다. 어쩌다 운이 나쁘면 아버지가 운전하는 버스를 타게 될지도 모른다. 괜히 마음 쓸 일만 하나 더 느는 것이다.

엄마는 첫 출근하는 아버지에게 인사라도 한마디 하라며 내 손을 잡아끌었다.

"승권 아빠, 승권이가 인사하겠대요."

"어허, 그래?"

아버지는 두 손을 허리에 대고 가슴을 내밀며 자랑이라도 하듯 나를 바라보았다. 나는 엄마 손에 끌려 아버지 앞에 섰지만 입이 떨어지지 않았다.

"……."

고개만 숙이고 아무 말도 하지 않자 아버지는 내 어깨를 두어 번 두드렸다.

"갑자기 인사하려니까 쑥스럽지? 됐어. 아버지도 좀 어색한걸. 이제 정식으로 기사가 되면 그동안 하지 못했던 것 마음껏 다 하게 될 거야. 그래, 말 나온 김에 얘기해 봐. 아버지가 저녁 때 뭘 사다 줄까? 필요한 건 다 말해 봐."

나는 처음과 똑같은 자세로 서서 아버지 말에 대답하지 않았다.

"이러다 늦겠네……. 승권아, 아버지한테 빨리 '다녀오세요.' 하고 인사 좀 해. 그래야 아버지가 힘이 나서 출근하시지."

엄마가 내 등을 밀며 다시 채근했다.

"됐어. 요만할 때는 쑥스러우면 아무 말도 못 하는 거라고. 그 것보다 저녁에 우리 외식이라도 할까?"

아버지는 내가 부끄러워서 아무 말 못 하는 줄 아는 모양이다.

엄마 이마에는 아버지가 술 마시고 집어 던진 그릇에 맞은 상처가 지금까지 남아 있다. 내 귀에는 그날 아버지가 벽에 머리를 찧으며 크게 울어 대던 소리가 지금껏 생생했다.

'마을버스 기사가 된 게 무슨 대단한 일이라고, 그것도 임시라면서…….'

나는 아버지가 만진 어깨를 털면서 아버지가 나간 문을 노려보며 한참 동안 서 있었다.

수업이 끝나고 아이들과 늦도록 학교에서 축구를 했다. 아이들이 하나씩 학원에 가야 한다며 빠져나갔다. 운동장에는 준호와 나만 남았다. 우리도 할 수 없이 교문을 나섰다.

버스 정류장 근처에 와서야 아차 싶었다. 행운의 징표를 까먹고 그냥 왔기 때문이다. 효주의 비밀 상자는 그 뒤로 내 행운의 징표가 되었다. 나는 기분이 좋지 않은 날이면 하루에도 몇 번씩 그곳에 갔다. 그저 상자가 잘 있나 보기 위해서였다. 상자가 제자리에 있는 걸 보면 그냥 마음이 놓였다.

탄천 다리를 건너갈 것을…… 괜히 이리 온 것 같았다.

"준호야! 미안한데, 난 걸어갈래."

교문 쪽으로 다시 돌아서며 준호에게 말했다. 아무래도 행운의 징표를 보고 가야 할 것 같았다.

"버스 타고 가자. 승권아! 내가 차비 내줄게."

"버스 기다리기도 귀찮아. 그냥 걸어갈래."

준호를 뿌리치고 가려는데 마을버스가 바로 우리 앞에 섰다. 어쩐지 느낌이 좋지 않았다. 준호는 억지로 내 팔을 끌고 버스에 올라탔다. 아니나 다를까 아버지가 운전석에서 돌아보았다. 나는 얼른 고개를 돌렸다.

"너희는 차비 내지 마라."

싱글벙글 웃으면서 아버지가 말했다. 내 소매를 쥐고 있던 준호는 영문을 몰라 어리둥절해 있었다.

나는 내일 아침 차비까지 뒤져서 준호 것까지 400원을 내고 안으로 쑥 들어갔다.

"야, 너 아는 사람이냐? 차비 안 내도 된다는데 왜 내고 그래?"

준호는 아버지와 나를 번갈아 보며 말했다.

"뭘 자꾸 따져. 차 탔으면 차비 내는 게 당연하지. 마을버스 공짜로 타서 부자 될래?"

내가 눈을 부릅뜨며 큰 소리로 말하자 준호는 어쩔 줄 몰라 했다. 버스 안에 있는 사람들이 모두 우리를 바라보았다.

'겨우 마을버스 차비 내지 말라는 것이 뭐 대단한 일이라고⋯⋯.'

나는 내리는 문 앞에 서서 창밖만 뚫어져라 바라보았다.

버스는 한참을 그 자리에 서 있었다. 사람들은 아버지에게 빨리 출발하자고 성화를 부렸다. 덜컹하더니 버스가 급하게 출발했다. 사람들은 중심을 잃고 잠시 기우뚱했다. 그러자 아버지보고 난폭 운전기사라며 불평을 해댔다.

철썩!

뺨이 얼얼했다. 모르긴 몰라도 아버지의 손바닥 역시 꽤 아플 것이다.

"네가 왜 맞았는지 아냐?"

난 알았지만 대답하지 않았다.

"알아, 몰라?"

아버지 입에서 술 냄새가 풍겨 왔다.

"……."

철썩!

나보다 더 놀란 건 엄마였다. 아버지가 한동안 입에 대지 않던 술을 마시고 들어와서 다짜고짜 내 뺨을 때리니 엄마는 어쩔 줄 몰라 하며 아빠를 말렸다.

아버지는 엄마에게 잡힌 손을 빼기 위해 몇 번 힘을 쓰다 그만두었다. 그러고는 나를 노려보았다. 덜컥 겁이 났다.

"저런 놈을 아들이라고……. 아버지가 창피하면 나가 살아!"

아버지는 문을 소리나게 닫으며 밖으로 나갔다. 쾅 소리에 온 집 안이 다 흔들렸다.

아버지 말대로 나가고 싶은 생각이 울컥 치밀었다.

엄마는 손바닥으로 내 등을 연거푸 때렸지만 나는 느낌이 없었다.

"승권아, 엄마도 힘들어 못살겠다. 아버지가 마음 잡았다고 좋아했더니 금세 네가 또 이 모양으로 도와줘? 우리도 남들처럼 오순도순 살면 안 되겠니? 우리가 가진 게 뭐 있어? 너랑 나랑 아버지, 달랑 세 식군데, 너라도 아버지한테 좀 싹싹하게 굴면 안 돼? 옛날에 아버지랑 진짜 좋았잖아. 아버지 무등 타고 탄천에 놀러 나가고 할 때 생각 좀 해 봐."

엄마는 주먹으로 힘없이 내 등을 쓸어 내리는 것 같더니 그대로 주저앉았다.

엄마가 바라는 게 뭔지 나도 잘 안다. 하지만 나는 다시 예전처럼 아버지를 좋아할 수 없을 것 같다. 준호 앞에서 우리 아버지라고 당당하게 말하지 못한 것은 창피해서가 아니다. 아버지가 나였어도 다르지 않았을 것이다. 우리가 나머지 동네로 쫓겨 온 거나, 우리 앞에서는 씩씩해 보여도 밤마다 끙끙대는 엄마를 보면서도 그간 아버지가 한 거라고는 술 마시고 주정한 게 다였다. 아버지가 임시로 얻었다는 일자리도 잃으면 예전처럼 돌아갈 게 뻔하다. 나는 희망이란 걸 섣부르게 갖고 싶지 않다.

엄마는 내 손을 잡고 일어서며 나를 타이르기 시작했다.

"제발 승권아! 이제 너만 잘하면 우리 식구들 아무 문제 없을 거야. 엄마를 봐서라도 아빠한테 조금만. 응?"

나는 대답하지 않고 화분만 노려보았다.

엄마 말을 이해하자면 이해 못 할 것도 없다. 그래도 맞은 것은 억울하다. 효주 아버지라면, 효주 아버지라면 절대로 자식 뺨을 때리지 않을 것이다.

며칠 동안 아버지는 내게 눈길도 주지 않을 것이다. 하지만 지금 기분 같아서는 영영 서먹하게 지내도 상관없을 것 같았다.

이게 다 행운의 징표를 보지 못해 일어난 일이다.

"그거 내놔! 빨리!"

효주의 울음 섞인 목소리가 들렸다. 나는 개구멍 쪽으로 급히 뛰었다. 울타리 앞에서 효주와 지영이가 준호를 쫓고 있었다.

"잡으면 주지, 아, 내가 큰 소리로 읽어 주면 되잖아. 지영아…… 우리…… 영원히……."

"빨리 내놔!"

준호는 한 손에 상자를 들고 또 한 손에 일기장을 들고 큰 소리로 읽었다. 아이들은 손뼉을 치며 웃었다. 효주와 지영이는 약이 바짝 오른 표정으로 준호를 쫓았다. 준호는 잡힐 듯하면 도망을 치고, 또 잡힐 듯하면 도망을 쳤다. 상자에서 사탕으로 만든 목걸이와 네 잎 클로버, 편지들이 바닥에 떨어졌다. 내 행운의 징표를 준호가 망가뜨리고 있었다.

"그거 쟤들한테 돌려줘!"

나도 모르게 큰 소리가 나왔다.

"이승권! 너까지 나설 것 없어. 우리끼리 해결할 수 있으니까. 너 빨리 안 내놔!"

효주가 내게 쏘아붙였다. 준호와 어울려 다니던 내가 갑자기 나서는 게 별로 달갑지 않은 모양이다. 내 소리에 놀란 준호도 금세 빙글빙글 웃으며 말했다.

"야, 승권아, 너, 이게 뭔지 모르지? 여자애들끼리 쓴 비밀 일기인데 되게 웃긴다. 너도 들어 볼래? 별들이 반짝이고……."

준호는 일기장의 글을 다 읽지 못했다. 어느새 내가 준호를 깔고 앉아 얼굴에 주먹을 날렸기 때문이다. 주위에서 장난치던 아이들이 깜짝 놀라 나를 말렸다. 씩씩대며 일기장을 찢던 효주도 놀란 얼굴로 나를 바라보았다. 준호 얼굴에 코피가 번졌다. 그제야 정신이 들었다. 겁이 났다. 나는 개구멍으로 빠져나와 탄천으로 도망쳤다.

탄천 굴다리까지 오는 동안 한 번도 쉬지 않았다. 준호의 피 묻은 얼굴이 머릿속에서 떠나지 않았다. 효주의 겁에 질린 얼굴도 떠올랐다. 차라리 멀리 도망가 버리고 싶었다. 왜 준호를 때렸는지 나도 나를 이해할 수 없었다.

'조금만 참지, 왜 그랬어? 내가 당한 일도 아닌데…….'

나는 두 손으로 머리카락을 쥐어뜯었다. 학교에 다신 못 갈 것 같았다. 아버지에게 맞는 것은 겁나지 않았지만 엄마의 얼굴을 떠올리니 가슴이 답답해졌다.

아빠 때문에 늘 주눅이 들어 있던 엄마도 차츰차츰 나아져 요즘처럼 편안해 보인 적도 없었다. 오늘 아침에도 엄마는 햇빛이 좋다며 화분을 갖고 나오다 아빠한테 그깟 것 내다 버리라고 핀잔을 들었다. 엄마는 정성껏 화분을 돌보고 있으면 꼭 좋은 일이 있을 것 같다며 콧노래까지 흥얼거렸는데…….

행운의 징표. 그깟 게 뭐라고 준호를 때렸는지 자꾸 후회가 되었다. 그렇지만 다시 돌이킬 수도 없는 일이다. 아무리 생각을 해도 뾰족한 방법이 없다. 집으로 가야겠다는 생각은 했지만 내 발은 점점 집에서 멀어지기만 했다.

동네 입구에 도착했을 때는 이미 해가 지고 있었다.

집으로 오르는 언덕이 아득하게 느껴졌다. 느릿느릿 집 앞까지 가자 걱정하던 일이 벌어져 있었다.

웅성웅성 떠드는 동네 사람들 가운데 웬 아줌마가 쩌렁쩌렁 마당을 울리며 큰 소리를 치는 것이다. 한눈에 준호 엄마라는 것을 알 것 같았다. 엄마는 문 앞에 서서 내내 머리를 들지 못했다.

나는 슬금슬금 다가갔지만, 사람들 뒤편에서 서성거리기만 했지 좀처럼 발이 떨어지지 않았다.

엄마는 고개를 연방 숙이다가 준호 엄마 손을 잡기도 했다. 저러다가 누가 밀기라도 하면 엄마는 그 자리에 픽 쓰러질 듯 위태위태해 보였다. 준호 엄마가 엄마한테 잡힌 손을 홱 뿌리치자 엄마가 기우뚱하더니 문에 부딪혔다. 그 바람에 창문턱에 놓아둔 엄마의 화분이 땅에 떨어졌다.

"우리 엄마한테 왜 그래요?"

나는 엄마와 준호 엄마 사이를 비집고 들어가 섰다.

"승권아!"

엄마 목소리에 준호 엄마의 얼굴이 더 험악하게 변했다.

"그래, 네가 그 승권이야? 너 잘 왔다. 네가 깡패야? 준호가 네게 한 장난도 아니라는데 왜 애를 그 모양으로 만들어? 네가 준호네 반 주먹이라며? 애들한테 자랑하느라 그랬어? 멀쩡한 애 코뼈는 왜 부러뜨려? 너 학교 그만 다니고 싶어?"

잠깐이지만 준호한테 미안했던 것도 까맣게 잊었다. 내가 잘못했다는 말을 하려는데 엄마가 나를 제치고 앞으로 나왔다.

"아이고, 준호 어머니, 제가 배운 게 없어서 자식을 잘못 키웠습니다. 아직 철이 없어 그러니 너그럽게 용서하세요. 제가 치료비 다 물어 드리겠습니다. 정말 죄송합니다."

엄마에게는 학교 못 다닌다는 말처럼 무서운 말은 없을 것이다. 그까짓 학교. 나는 엄마만 아니면 그렇게 하라고 소리치고 싶었다. 아니다, 지금은 무조건 잘못했다고 빌어야 한다. 입술은 달싹거리는데 내 입에서는 아무 말도 나오지 않았다.

"아니, 승권 엄마! 나, 그깟 치료비 때문에 여기에 온 거 아니에요. 아무 잘못도 없는 우리 애 코뼈가 부러졌다고요. 승권 엄마라면 가만히 있었겠어요? 가르치려면 제대로 가르쳐야지, 그저 덮어 주려고만 하니…….."

엄마는 초조하게 뒤를 돌아보며 내 옷을 잡아끌었다. 잘못을 빌라는 뜻이었다.

"무슨 일이야?"

사람들을 제치고 아버지가 나타났다. 엄마 얼굴은 준호 엄마가 날 학교에 못 다니게 한다는 말을 들었을 때보다 더 하얗게 질렸다. 엄마 생각에는 아버지가 오기 전에 끝냈어야 할 일이었다.

준호 엄마가 내 얼굴을 한 번 보더니 오늘 일어난 일을 아버지에게 얘기했다. 처음엔 아무 표정도 없이 듣고 있던 아버지의 얼굴이 갈수록 일그러졌다.

"승권 아빠, 승권이가 잘못했다고 했어요. 저도 무서웠던지 겁에 질려서 이제야 들어왔어요. 승권이가 잘못을 빈다고 했으니 당신은 얼른 들어가세요. 나도 곧 따라 들어갈게요.”

엄마는 아버지를 집 안으로 밀며 나를 돌아보고 눈짓을 했다.

준호 엄마가 기세를 되찾고 엄마한테 쏘아붙였다.

“아니, 승권이가 언제 잘못했다고 했어요? 눈만 또록또록 뜨고는 자기 엄마한테 무슨 소리한다고 뛰어들었지.”

“그럼 어떻게 하라는 얘깁니까? 치료비는 물어 드린다고 했고, 애 엄마도 빌 만큼 빌었을 텐데 애를 무릎이라도 꿇리라는 말입니까?”

아버지가 엄마에게 잡힌 손을 뿌리치며 준호 엄마에게 버럭 소리를 질렀다. 나는 겁이 났다. 일이 진짜로 커지게 생겼다.

준호 엄마가 발끈해서 얼굴이 붉어졌다.

“아니, 그럼 내가 잘못했다는 말이에요? 애 교육 잘못시켰으면 사과하는 것이 당연한 일이지, 남의 자식 코뼈 부러뜨려 놓고 모르는 척하는 게 옳은 일이냐고요? 아휴, 기가 막혀. 애가 뭘 배웠는지 알겠다, 알겠어.”

“준호 엄마 용서하세요. 오늘은 이만 돌아가시고, 제가 조용할 때 찾아 뵙겠습니다. 예?”

엄마는 준호 엄마 손을 붙들고 애원했다. 쩔쩔매는 엄마를 보니 내 눈앞이 부예졌다*. 내가 잘못한 일 때문에 엄마가 굽실거리

---

* 부예지다: 연기나 안개가 낀 것처럼 선명하지 못하고 조금 허옇게 되다.

고 있다. 난 아버지랑 다른데…….

가슴이 터질 것 같았다.

그때였다. 옆에서 누가 풀썩 무릎을 꿇었다. 아버지였다.

"죄송합니다. 제가 아들 교육을 잘못시켰습니다. 제가 대신 사
과를 드리겠습니다."

아버지의 느닷없는 행동에 준호 엄마는 엉거주춤 몸을 돌렸다.
한층 수그러드는 목소리로 몇 마디 더 하더니 사람들 사이로 사
라졌다. 아들 교육 잘 시키라는 마지막 말만은 또렷이 내 귓속을
파고들었다. 사람들도 수군거리며 슬금슬금 자리를 피했다.

"엄마 모시고 집에 들어가라."

아버지는 무릎에 묻은 흙을 털 생각도 하지 않고 내게 말했다.
그리고 터덜터덜 힘없이 언덕 아래로 내려갔다. 아버지 모습이
보이지 않게 되자, 엄마는 화분에 흙을 넣고 매만지더니 화분을
안고 힘없이 집으로 들어갔다.

집에 들어왔지만 나는 엄마를 똑바로 볼 수가 없었다. 엄마는
내게 말을 걸지 않고 앞에 놓인 화분만 바라보았다. 우리는 불도
켜지 않은 방에서 아버지를 기다렸다.

시간이 얼마나 흘렀을까? 엄마가 자리에서 일어났다.

"안 되겠다. 내가 아버지 찾아올게."

함께 나가겠다는 말을 할 엄두가 나지 않았다.

나는 우두커니 앉아 있다가 주섬주섬 이부자리를 폈다. 그리고

또 한참을 기다렸다.

　무릎을 꿇던 아버지 모습이 떠올랐다. 한 번도 누구 앞에서 아쉬운 소리라곤 하지 않던 아버지인데……. 가슴이 답답하고 머리도 어지러웠다. 행운의 징표가 망가지고 나서 나쁜 일만 꼬리를 물고 일어나는 것 같았다.

　딸칵, 문소리가 났다. 가슴이 쿵쾅거렸다. 아버지가 비틀거리며 방으로 들어왔다. 나는 아버지가 지나가도록 한 발 뒤로 물러섰다. 아버지는 잠깐 서서 나를 바라보았다. 나는 고개를 떨구었다. 이번만큼은 아버지한테 맞아도 할 말이 없다고 생각했다. 차라리 맞고 나면 마음이 편해질 것 같았다.

　좀처럼 아버지의 기척이 느껴지지 않았다. 고개를 들자 아버지와 눈이 마주쳤다. 아버지는 고개를 갸웃하더니 내게 꾸벅 인사를 했다.

　"내 잘못이야, 내가 못나서야. 다 내 잘못입니다. 못난 아버지가 바로 접니다. 용서해 주십시오."

　아버지는 연거푸 허리를 굽혀 절을 했다. "잘못했습니다, 미안합니다."라는 말과 함께.

　나는 때리는 아버지도 싫지만 지금 같은 아버지도 못 견디게 싫었다. 그런데 이상하게 눈물이 자꾸 나왔다.

　나는 오른손을 뻗어 아버지의 팔을 힘주어 잡았다. 아버지 입에서 술 냄새가 훅 하고 풍겼다. 아버지는 내게 기대는가 싶더니 그대로 이불 위에 쓰러졌다.

아버지 양말 뒤꿈치가 허옇게 드러났다. 나는 무릎으로 기어가 아버지 양말을 벗겼다. 형편없이 굳은살이 박인 아버지의 발은 양말을 신었을 때가 오히려 나아 보였다.

나는 베개를 들고 아버지 얼굴 가까이로 갔다. 아버지는 고개를 옆으로 돌린 채 엎드려 잠이 들어 있었다. 아버지 얼굴을 이렇게 가까이 본 적이 있는지 생각나지 않았다. 나는 가만히 아버지의 얼굴을 쓸어 보았다. 입 둘레로 거뭇한 턱수염이 더욱 꺼칠했다.

나는 한 번도 아버지한테 속마음을 털어놓은 적이 없다. 아버지를 보고 모른 척한 것, 정말 죄송하다는 말도, 또 오늘 일까지도. 어쩌면 죽을 때까지도 그런 말은 할 수 없을지 모른다. 그래도 아버지를 위해 뭔가 한 가지쯤은 하고 싶었다.

나는 아버지의 면도기를 꺼내 왔다. 오랫동안 쓰지 않은 고물 면도기는 웽웽 소리를 내며 돌아갔지만 아버지는 꼼짝도 하지 않았다. 자칫하면 피가 날지도 모른다는 생각에 손에서 땀이 났다. 수염이 깎인 자리에 허연 살이 드러났다. 몇 번을 껐다 켰다 하면서 면도기를 움직였더니 아버지 얼굴에 제법 면도한 티가 났다. 바닥에 댄 왼쪽 얼굴은 면도를 할 수가 없었다. 안간힘을 썼지만 코까지 골며 잠이 든 아버지를 돌아눕게 할 수는 없었다. 아버지가 돌아눕기를 기다리기로 했다.

"아빠 들어오셨구나."

엄마 목소리에 나는 얼른 면도기를 요 밑에 감추었다. 그리고 아버지 옆에 누워서 잠든 척했다.

엄마는 누워 있는 나와 아버지를 바라보며 한숨을 쉬었다. 그리고 이불을 다시 덮어 주었다. 엄마가 잠들 때까지 기다리는 수밖에 없었다.

엄마가 전등을 끄고 아버지 곁에 눕는 기척이 느껴졌다. 아버지 코 고는 소리만 유난히 크게 들렸다.

"아니, 이게 뭐야!"

아버지 소리에 나는 놀라 일어났다. 아뿔싸, 엄마가 잠들기를 기다린다는 게 그냥 잠이 들었던 모양이다. 이른 새벽에 출근 준비를 하던 아버지가 거울을 보다가, 반쪽만 깎인 수염을 보고 소리를 지른 것이다. 거기다 밤에 면도한 곳도 꼭 쥐가 파먹은 것처럼 들쭉날쭉했다.

"저걸 어째? 승권이가 그랬나 보네요. 당신 면도해 주려고……."

엄마도 기가 막힌 듯 나를 보기만 했다. 나는 머뭇머뭇하다가 요 밑에서 면도기를 꺼내 아버지한테 주었다. 아버지는 급히 면도기를 켰지만 고물 면도기는 움직이지 않았다.

"시키지도 않은 짓을 하고 그래? 이러고 어떻게 출근을 해?"

아버지가 나를 보며 눈을 부릅떴다. 엄마는 허둥대며 마스크를 가져와 내게 건네주었다. 그러고는 아버지 쪽으로 내 등을 떠밀었다. 나는 머쓱하게 아버지에게 마스크를 내밀었다. 아버지는 마스크를 받는 대신 내 머리를 한 대 쥐어박았다.

"됐어. 아들놈이 처음 해 준 면돈데 할 수 없지 뭐. 너 이놈, 이제 아버지 반쪽 수염이라고 숨어 다니면 혼날 줄 알아."

아버지는 반쪽만 남은 턱수염을 만지작거리며 집을 나섰다. 나는 허둥지둥 아버지를 따라 대문 앞까지 나왔다. 이번에도 아버지에게 아무 말도 하지 못했다.

새벽 바람에 아버지 기침 소리가 멀리 들려왔다. 손끝에 매달린 마스크가 바람에 나부꼈다.

6

나비를 잡는 아버지

현덕

어떻게 읽을까?

① 주인공의 아버지에 대한 감정이 이야기의 흐름에 따라 어떻게 변하는지 살피며 읽어 보세요.
② 과거 농촌 사회의 마름과 소작농의 불합리한 관계를 염두에 두고 작품을 읽어 보세요.

황혼의 종로로 방향을 돌려서
뻐스는 떠난다. 경쾌스럽게.

　건드러진 노랫소리가 푸른 언덕을 넘어온다. 바우는 송아지를 뜯기며 밤나무 그늘에 앉아 그림 그리는 책을 펴 들었다. 송아지가 움직이는 대로 자리를 옮아앉으며 옆으로 풀을 뜯는 송아지 모양을 그리느라 열심히 들여다보고 연필을 놀리고 하더니 잠시 멈추고 귀를 기울인다. 그리고 "흥!" 하고 빈정거리는 웃음을 한 번 웃고는 그 소리가 듣기 싫다는 듯 그편에 등을 대고 돌아앉는다.
　'겨우 서울 가서 공부한다고 배워 가지고 온 것이 유행가 나부랭이냐. 그리고 나비 잡는 것하구.'
　지난해 봄에 바우와 경환이는 한날에 그곳 소학교를 졸업하였다. 그리고 경환이는 서울로 상급 학교를 가고 바우 자기는 집에서 꾸벅꾸벅 땅이나 파며 있지 않으면 아니 될 때, 바우는 무척 슬퍼하고 억울해하고 따라서 경환이를 부러워도 하였다. 바우 자기가 값없이* 보내는 그 하루하루에 경환이는 좋은 학교, 훌륭한

---

* 값없이: 보람이나 대가 따위가 없이

선생 아래서 날마다 새로워 가고 높아 갈 것을 생각할 때 바우는 가만히 있지 못했다. 그 상급 학교에 가지 못하는 벌충*을 여기다 하려는 듯이 틈 있는 대로 그림을 그리었고 또 그것으로 즐거움이 되었다.

그리고 얼마 전에 그 경환이가 하기휴가**를 하고 서울서 집에 돌아왔다. 그러나 전보다 얼굴빛이 희어지고 바지통이 넓은 양복에 흰 테두리 한 모자를 멋있게 쓴 것이 달라졌을 뿐, 서울이 얼마나 좋고 자기 다니는 학교가 얼마나 훌륭한 곳인가를 자랑하는 것과 또는 활동사진 배우 중 누구는 어떻고 누구는 어쩌고, 그리고 잡된 유행가를 부르며 동네 어린아이들을 몰고 다니며 나비를 잡는 것이 하는 일이었다. 아마 경환이 자기는 이러는 것으로 전일 보통학교 때 늘 바우에게 성적으로 머리를 눌려 오던 분풀이를 하려는 듯이 뻐기며 다니는 것이다. 바우는 그 꼴이 곱게 보일 수 없었다.

꽃 피는 남산으로 방향을 돌려서
뻐스는 떠난다. 가로수 그늘.

노랫소리는 점점 가까워 온다. 그리고 잠시 언덕 너머가 떠들썩하더니 호랑나비 한 마리가 피로한 나래로 갈팡질팡 날아와 밤

* 벌충: 손실이나 모자라는 것을 보태어 채움.
** 하기휴가: 여름휴가

나무 가지에 야트막하게 앉는다. 바우는 그 나비를 쉽게 잡을 수 있었다. 그리고 잠깐 그 호사스런 모양, 찬란한 빛깔을 들여다보다가 도로 날려 보내려 할 즈음, 언덕 위로 동네 아이들의 머리가 불쑥불쑥 나타나며 뒤미처 경환이가 나비 잡는 채를 휘두르며 뛰어 내려온다. 경환이는 바우가 앉아 있는 밤나무 그늘로 들어서며

"너 호랑나비 어디로 날아가는 거 봤니?"

하다가는 바우 손에 잡히어 있는 나비를 보고는 반색*을 한다.

"나 다우."

하고 으레 줄 것으로 알고 손을 내미는 것이나 바우는 그 손을 툭 쳐 버리고 몸을 돌린다.

"넌 무슨 까닭으로 어린애들을 몰고 다니며 앰한 나비를 못살

• 반색: 매우 반가워함. 또는 그런 기색

게 하는 거냐?”

“뭐?”

하고 경환이는 뜻하지 않은 말에 잠시 멍하니 바라보다가는

“누가 장난으로 잡는 거냐? 학교서 숙제를 냈어. 동물 표본을
만들어 오라구.”

“장난 아니믄, 벌써 너 나비 잡기 시작한 지가 며칠이냐. 그동
안에 못 잡아도 100마리는 잡았겠구나. 거 다 동물 표본 만들
고도 모자라서 또 잡는 거냐?”

“모두 못쓰게 잡았으니까 그렇지. 날개가 상하구.”

하다가는 경환이는 변색*을 하고 한 발자국 다가서며

“넌 남이 나빌 잡건 말건 무슨 상관이냐, 건방지게.”

“나두 상관할 만해서 그런다.”

“무슨 상관야.”

“너 때문으로 해서 담부턴 나비 구경을 못 하게 되겠으니까 허
는 말이다.”

하고 바우는 경환이 얼굴을 마주 노리다가

“늬가 동물 표본을 만들기에 나비가 필요하다면 난 그림 그리
는 데 필요한 나비야. 너만 위해서 생긴 나비는 아니지.”

그러나 경환이는 “흥!” 하고 코웃음을 친다. 바우는 한층 음성
을 높여 계속한다.

----

* 변색: 놀라거나 화가 나서 얼굴빛이 달라짐.

"그리고 어린아이들에게 잡된 유행가는 너 왜 가르치는 거냐? 부르고 싶으면 네나 부르지."

이 말엔 매우 괘씸한 모양, 경환이는 낯을 붉히며 대든다.

"이 동네서 나 하는 거 시비할 사람 없어. 건방지게 왜 이래?"

하는 그 말 속엔 분명 자기는 마름*집 외아들로서 지위가 높은 몸, 너 같은 소나 뜯기는 놈에게 시비를 받을 몸이 아니라는 빈정거림이 있다. 바우는 썩 비위가 상해서

"흥!"

하고 마주 코웃음을 치고 그리고 좀 더 골을 올리려고 두 손가락에 날개를 접어 쥔 나비를, 이것 너 줄까, 하는 시늉으로 경환이 등을 향해 두어 번 겨누다가는 그대로 공중으로 날려 버린다. 나비는 방향이 없이 어지러이 한 바퀴 맴을 돌더니 언덕 아래로 높았다 낮았다 날아간다. 경환이는 갑자기 몸을 날려 그 나비를 쫓아간다. 그러다가 나비가 아래 논 가운데로 날아가자 뒤돌아서 바우를 무섭게 한 번 눈을 흘겨보고 그리고 돌 하나를 집어 근처에서 풀을 뜯고 있는 송아지를 때리고는 언덕 아래로 달아났다.

그러나 경환이의 심술은 이것만으로 고만두지 않았다. 송아지에게 먹을 만치 풀을 뜯기고 언덕 아래로 몰고 내려와 수수밭 모퉁이를 돌아섰을 때 바우는 다시금 놀랐다. 개울 건너 바우네 참외밭에서 경환이란 놈이 나비 잡는 채를 휘두르며 날뛰고 있다.

* 마름: 땅 주인을 대신해서 소작권을 관리하는 사람

그까짓 송장나비를 잡으려고 그러는 것이 아닐 텐데 경환이는 그 나비를 쫓아 구두 신은 발로 지금 한창 참외가 열기 시작하는 넝쿨을 함부로 질겅질겅 밟으며 이리 뛰고 저리 뛰고 한다. 일부러 그러는 것이 분명하다. 나비를 잡는 척 참외밭으로 몰아넣고 참외 넝쿨을 결딴내는 것이리라. 바우는 눈이 뒤집혔다. 더욱이 그 참외밭은 장차 햇곡식 나기 전까지의 바우 집 식구들의 식량을 거기다 예산하고˚ 있는 것이요, 바우 자기도 잘 열면 책 한 권쯤 사 달래려고 벼르고 있던 터다. 바우는 나는 듯 개울을 건너 뒤로 쫓아가 한 번 등줄기를 후리고, 그리고

"인마, 눈 없어? 이거 못 봐!"

하고 낭자한 그 자취를 손으로 가리키며

"넌 남의 집 농사 결딴내두 상관없니, 인마?"

그러나 경환이는

"우리 집 땅 내가 밟았기로 무슨 상관야."

하고 기가 막히다는 듯 피이 하고 고개를 옆으로 돌린다. 그러나 사실 기가 막히기는 바우다.

"우리 집 땅?"

하고 허 참, 하늘을 쳐다보고 탄식하고

"땅은 너희 집 거라두 참이˚˚ 넝쿨은 우리 집 거 아니냐. 누가 너희 집 땅을 밟는대서 말야? 우리 집 참이 넝쿨을 결딴내니까

˚ 예산하다: 필요한 비용을 미리 헤아려 계산하다.
˚˚ 참이: '참외'의 사투리

말이지."

그러니 경환이는 머리에 썼던 운동모자를 벗으며 한 발자국 다가선다.

"너희 집 참이 넝쿨을 그렇게 소중히 알면서, 어째 남의 나비 잡는 건 훼방을 놓는 거냐? 나두 장난으로 잡는 건 아냐."

"장난이 아닌지도 몰라도 넌 나비를 잡는 거고 우리 집 참이 넝쿨은 거기서 양식도 팔고 그래야 헐 것이거든. 그래 나비가 중하냐, 사람 사는 게 중하냐?"

바우는 팔을 저어 시늉하며 어느 것이 소중하냐고 턱을 대는데 경환이는

"나두 거기 학교 성적이 달린 거야."

하고 피이– 하고 업신여기는 웃음을 짓더니

"너희 집 집안 살림을 내가 알 게 뭐냐."

하고 같은 웃음으로 좌우를 돌라본다*. 개울 건너 길가에 동네 아이들이 모여 섰고, 그 뒤로 지게를 진 어른들도 섰다. 바우는 낯이 화끈 달았다.

"뭐, 인마?"

하고 대뜸 상대의 멱살을 잡고

"그래서 남의 참이밭 결딴내는 거냐? 나빈 우리 집 참이밭에만 있구, 다른 덴 없어? 인마."

---

* 돌라보다: 주위를 요리조리 두루 살펴보다.

경환이는 멱살을 잡히고 이리저리 목을 저으며

"이게 유도 맛을 보지 못해 이래. 너 다 그랬니, 다 그랬어?"

하고 어르다가 날래게 궁둥이를 들이대고 팔을 낚아 넘겨 치려 하나 그러나 원체 나무통처럼 버티고 섰는 바우의 몸은 호리호리한 경환의 허리 힘으로는 꺾이지 않았다. 도리어 바우가 슬쩍 딴죽을 걸고 밀자 경환이 자신이 쿵 나둥그러졌다. 그러나 쓰러졌다가 다시 일어설 때 경환이는 손에 돌을 집어 들고 그리고 얼굴에 울음을 만들고는

"이 자식아, 남 나비 잡는 사람, 왜 때리고 훼방을 놓는 거야, 왜?"

하고 비겁하게 돌 든 손을 머리 위로 쳐들어 겨누는 것이다. 결국 싸움은 이때껏 아이들 등 뒤에 입을 벌리고 서서 보고만 있던 동네 어른 하나가 성큼성큼 개울을 건너가 사이를 뜯어 놓고 그리고 경환이를 참외밭 밖으로 이끌어 나간 것으로 끝났으나, 그러나 경환이가 손목을 이끌려 가면서 연해 뒤를 돌아보며 어디 두고 보자고 벼르던 그 말이 허사가 아니었다.

바우가 자기 집 장독간 앞에서 벌통을 들여다보고 앉았는데, 경환이 집에서 부엌 심부름을 하는 계집아이가 왔다. 바우는 까닭 없이 가슴이 성큼했다.

"바우 어머니 집에 있수?"

하고 계집아이는 안방과 부엌을 기웃거리다가 마당에 섰는 바우를 보고

"너 우리 집 서울 학생 때렸니?"

하고 쳐다보다가 대답이 없으니까

"너 야단났다. 우리 집 아씨가 막 역정이 나서 너희 어머니 불러오래, 얘."

마침 우물에서 돌아오는 바우 어머니를 보고 계집아이는 다시 한 번 그 말을 옮겨 들리며 함께 문밖으로 사라졌다.

'난 잘못한 거 없으니까.'

하면서 바우는 가슴이 두근거리었다. 일없이 뒤꼍으로 갔다, 마당으로 나왔다 하며 어머니가 돌아올 때를 기다리면서 조마조마한다.

먼저 아버지가 뒷밭에서 돌아왔다. 이맛살을 찌푸린 얼굴로 아버지는 기색이 좋지 못하다. 호미를 마당 가운데 던지더니 아버지는 갑자기 큰소리를 냈다.

"참이밭에서 누구하구 싸웠니?"

바우는 벌통 앞에 돌아앉아서 말이 없다.

"너두 눈 있거든 참이밭에 좀 가 봐. 넝쿨 하나고 성한 게 있나. 인마, 그 밭에 도지*가 을만지 아니? 벼루 열 말야. 참이는 안 돼두 낼 것은 내야지. 그리고 허구한 날 먹을 건 먹어야지. 그런 걱정은 없구, 인마, 참이밭에서 싸움이 뭐냐, 싸움이."

바우는 벌통 앞에서 일어서며 볼멘소리로

"누가 싸웠나, 경환이가 나빌 잡는다고 참이밭에서 막 넝쿨을

---

* 도지: 남의 논밭을 빌려서 농사를 지은 대가로 해마다 내는 벼

밟길래 말린 거지."

그러나 아버지는 일층 음성을 거슬렸다.

"내가 뭐랬어. 참이밭 근처서 멀리 떠나지 말고 지키랬지. 그놈
의 그림책 이리 내놔라. 그것만 잡고 앉았으면 정신없다가 참
이밭을 결딴내는 것도 몰랐지, 인마."

하고 그 그림책을 찾는 것처럼 두리번거리고 뒤꼍으로 가며 아버
지는 혼잣말로 서울 가서 공부한 것이 나비 잡는다고 남의 집 참
외밭 결딴내는 거냐고 중얼중얼 울타리에서 호박잎을 따고 있다.
아마 부러진 참외 넝쿨을 그것으로 이어 보려는 것이리라. 조금
후 아버지는 호박잎을 따 가지고 나오며

"너이 어머니 어디 갔니?"

그러나 바우는 경환이 집에서 어머니를 불러 갔다는 말은 아니
나왔다. 묵묵히 바우는 대답이 없다. 하지만 아버지는 더 묻지 않
아도 좋았다. 바로 그 어머니가 상기한 얼굴로 대문을 들어섰다.

어머니는 다짜고짜로 바우에게로 달려가 등줄기를 후리고는

"자식이 어떻게 했으면 어미 망신을 그렇게 시키니. 어서 나비
잡아 가지고 가서 빌어라, 빌어."

그리고 아버지를 향하고는

"당신도 가 보우. 바깥사랑*에서 부릅디다."

아버지는 어리둥절하여 바우와 어머니를 번갈아 쳐다보다가

---

* 바깥사랑: 한 집 안에 안팎 두 채 이상의 집이 있을 때, 바깥집에 있는 사랑. 집안의 남자 주인
이 거처하며 손님을 접대하는 곳. 집안의 남자 주인을 뜻하는 말로도 쓰인다.

"어떻게 된 일야, 응?"

그러나 어머니는 바우를 향해서만 또

"남 나빌 잡거나 말거나 내버려두지 어쭙잖게 왜 다니며 훼방
을 놓는 거냐?"

"누가 훼방을 놓았나. 남의 참이밭에 들어가 그러길래 못 하게
말린 거지."

"아, 늬가 밤나뭇골 언덕에서 손에 잡았던 나비까지 날려 보내
며 뭐라구 그랬다는데 그래."

그리고 어머니는 경환이 집 안주인이 꾸중 꾸중하더라는 것, 그리고 바우가 나비를 잡아 가지고 와서 경환이에게 빌지 않으면 내년부턴 땅 얻어 부칠 생각을 말라더란 말을 옮기며 또 바우에게

"어서 나비 잡아 가지고 가서 빌어라, 빌어."

아버지는 연해 꿍꿍 땅이 꺼지는 못마땅한 소리로 뒷짐을 지고 마당을 오락가락하며 무섭게 눈을 흘겨 바우를 본다. 그리고 바우는 어머니가 등을 미는 대로 부엌으로 뒤꼍으로 피하다가는 대문 밖으로 나갔다. 그러나 담 밑에 붙어 서서 움직이지 않는 바우를 어머니는 쫓아 나와 다조진다*.

"이렇게 고집을 부리고 안 가면 어떡헐 셈이냐. 땅 떨어져도 좋겠니? 너두 소견이 있지."

그러나 바우는 어슬렁어슬렁 길로 나가더니 우물 앞 정자나무 앞에 이르자 걸음을 멈추고 그리고 동네 노인들이 장기를 두고 앉아 있는 것을 넋을 놓고 들여다보고 섰다. 장기가 두 캐가 끝나고 세 캐가 끝나고 모였던 사람이 헤어져도 바우는 자리를 뜨지 않는다. 바우는 다만 자기가 조금도 잘못한 것이 없는 것, 그러니까 누구에게든 머리를 굽힐 까닭이 없다는 고집이 정자나무통만큼 뻣뻣할 뿐이었다.

해가 저물었다. 지붕 너머로 바우 집 굴뚝에도 연기가 오르고 그리고 그 연기가 잦아든 때에야 바우는 슬슬 눈치를 살피며 대

* 다조지다: 일이나 말을 바짝 재촉하다.

문을 들어섰다. 그러나 건넌방 쪽에 눈이 갔을 때 바우는 크게 놀랐다. 아궁이 앞에 위하던 그림 그리는 책이 조각조각 찢기어 허옇게 흩어져 있다. 바우는 그 앞에 이르러 멍멍히 내려다보고 섰는데 등 뒤에서 아버지 음성이 났다.

"인마, 남은 서울 학교 다녀서 다 나비도 잡고 그러는 건데 건방지게 왜 다니며 훼방을 놓는 거냐, 훼방을."

그리고 바우가 그림 그리는 것과 그것은 아랑곳없는 일일 텐데 아버지는

"담부터 내 눈앞에 그 그림 그리는 꼴 보이지 말어라. 네깐 놈이 그림 그걸루 남처럼 이름을 내겠니, 먹고살게 되겠니?"

하고 돌아서 문밖으로 나가려다가 다시 돌아서며 아버지는

"나빈 잡아 갔지?"

하고 다져 묻는다. 바우는 고개를 숙인 채 묵묵하다. 아버지는 기가 막힌 듯 잠시 건너다보기만 하다가 언성을 높였다.

"이때껏 나가서 뭘 했어. 인마, 간 봄에 늙은 아비가 땅 얼어 부치느라고 갖은 애 다 쓰던 것을 네 눈으로도 보았지. 가뜩한데 너까지 말썽일 게 뭐냐. 어서 가서 빌지 못하겠어?"

아버지는 담뱃대 끝으로 바우의 수그린 머리를 찌를 듯 겨눈다. 그러는 대로 바우는 무춤무춤˚ 피할 뿐 조금도 걸음을 옮기려 하지 않는다.

˚ 무춤무춤: 놀라거나 어색한 느낌이 들어 하던 것을 자꾸 멈추는 모양

"그래도 네 고집만 실 테냐. 그럴라거든 아주 나가거라. 아주
　나가."

하고 아버지는 빗자루를 들고 나섰다. 이런 때 어머니가 방에서
나와 그걸 빼앗아 던져 버리고

"가서 빌기만 허면 뭘 하우. 나빌 잡아 가야지. 그리고 지금은
　어둬서 잡겠수? 내일 잡아 가라지."

그리고 어머니는 바우의 등을 밀며

"어서 올라가 저녁이나 먹어라."

하지만 아버지는 여전히 못마땅한 눈으로 흘겨보며

"저런 놈 저녁은 먹여 뭘 해. 아주 내쫓으라니깐 그래."

하고 자기가 먼저 문밖으로 나간다. 어머니는 그 아버지가 들어
오기 전에 어서 저녁을 먹으라고 권한다. 그러나 바우는 섰는 자
리에 그대로 고개를 숙이고 어머니가 달랠수록 더 짜증만 낸다.
한종일 아버지, 어머니에게 애매한 미움을 받고 또 그림책을 찢
기우고 한 그 억울한 감이 가슴속에 벅차 다른 무엇이 들어갈 여
지가 없었다.

　이튿날 아침이다. 건넌방 모퉁이서 바우는 아버지와 얼굴이 마
주쳤다. 아버지는 어제와 다름없는 그 얼굴 그 음성으로 부엌에
서 아침을 짓는 어머니를 향해 소리쳤다.

"오늘도 저놈이 제 고집만 세고 나빌 잡아 가지 않거든 밥 주지
　말어."

그리고 바우를 향해서는

"오늘은 나빌 잡아 가지고 가 봐야 허지, 그러지 않으랴거든 영 집에 들어올 생각 말어라, 인마."

그 아버지가 보이지 않는 곳에 이르자 어머니는 부엌에서 나와 작은 음성으로 바우를 달랜다.

"아버지 속상하시게 하지 말고 오늘은 나빌 잡아 가지고 가 봐라. 땅이 떨어지거나 하면 너는 좋겠니? 생각해 봐라."

바우는 여전히 말이 없다. 어머니는 그것을 바우가 순종하는 뜻으로 여긴 모양, 부엌에서 아침을 차리기에 분주하였다.

"얼른 밥 차려 줄게 먹고 나가 봐."

그러나 바우는 어머니가 밥상을 날라 오기 전에 자기가 먼저 슬며시 집 밖으로 나갔다. 밥을 열 끼를 굶는 한이 있더라도 그 경환이 앞에 나비를 잡아 가지고 가서 머리를 숙이기는 무엇보다 싫었다. 아들의 그만한 체면쯤 보아줄 줄 모르고 자기네 요구만 고집하는 아버지가 그리고 어머니까지 바우는 무척 야속했다. 노여웠다.

바우는 동구 밖 아랫마을로 가는 길가 축동*, 버드나무 그늘 밑을 고개를 숙여 생각에 잠기며 걷는다. 아침부터 요란스레 매미는 울고 그리고 속상하게 눈에 보이는 것은 여기저기 풀 위로 너훌거리는 나비다. 바우는 그 나비를 피해 가는 듯 문득 걸음을 바꿔 뒷산으로 올라갔다. 거기서 바우는 일상 하던 버릇으로 풀을

---

* 축동: 물을 막기 위해 크게 쌓은 둑

베어 널고 그 위에 벌렁 나둥그러져 하늘을 쳐다본다. 집에서보다 갑절 어버이에 대한 야속함과 노여움이 사무친다.

'아버지 말대로 정말 집을 나오고 말까? 그러면 아버지도 뉘우칠 때가 있겠지. 그리고 서울 같은 도회로 나가서 어떻게 고학*이라도 해 볼까?'

바우는 정말 그렇게 해 볼 것처럼 벌떡 일어선다. 그리고 걸음 걸리는 대로 따라 산 아래로 내려간다. 산 중턱쯤 이르렀다. 건너다보이는 맞은편 언덕을 너머 메밀밭 두덩에 허연 사람의 그림자가 엎드렸다 일어섰다 하며 무엇을 쫓는 모양으로 움직인다.

'흥! 경환이 저놈이 또 나비를 잡는구나.'

하고 바우는 입가에 업신여기는 웃음을 짓는다. 산을 또 좀 내려와 바라볼 때 경환이로 본 그것은 어른이 분명했다.

'흥, 경환이란 놈이 저이 집 머슴을 시켜 나비를 잡게 하는구나.'

그리고 바우는 또 한 번 같은 웃음을 웃는다.

바우는 산을 내려와 맞은편 언덕 위로 올라섰다. 그리고 가까운 거리에서 메밀밭을 내려다보았을 때 그는 놀라 입을 다물지 못했다. 경환이 집 머슴으로 본 사람은 남 아닌 바로 자기 아버지였다. 아버지는 농립**을 벗어 들고 나비를 쫓아 엎드렸다 일어섰다 하며 그 똑똑지 못한 걸음으로 밭두덩을 지척지척 돌고 있다.

바우는 머리를 얻어맞은 듯 멍하니 아래를 바라보고 섰다. 그

---

* 고학: 학비를 스스로 벌어서 고생하며 배움.
** 농립: 여름에 농사일을 할 때 쓰는 모자

러다가 갑자기 언덕 모래 비탈을 지르르 미끄러져 내려가며 그렇게 빠른 속력으로 지금까지 잠기어 있던 어둔 마음에서 벗어나 그 아버지가 무척 불쌍하고 정답고 그리고 그 아버지를 위하여서는 어떠한 어려운 일이든지 못할 것이 없을 것 같고, 바우는 울음이 되어 터져 나오려는 마음을 가슴 가득히 참으며 언덕 아래 메밀밭을 향해 소리쳤다.

"–아버지."

"–아버지."

"–아버지."

7

소를 줍다

전성태

어떻게 읽을까?

① 주인공이 소를 줍고 가지고 싶어 하는 과정에서, 소유에 대한 욕심과 도덕적 갈등이 어떻게 드러나는지 살펴보세요.

② 이야기가 흘러가며 인물들의 생각이 어떻게 변화하고 성장하는지 주목해서 읽어 보세요.

우리 집에 소를 들인 건 세 차례였다.

아버지는 조금 흠이 있기는 했지만 훌륭한 농사꾼이었다. 다 아는 대로 우리 아버지는 원래 농사꾼이 되고 싶어 했던 사람은 아니었다. 광주와 서울을 오르내리는 비둘기호 열차에서 땅콩, 오징어를 파는 일이 그이의 직업이었다. 그것도 먼 친척 중에 철도 강생회에 몸담고 있는 이가 있었는데, 그이가 강생회가 홍익회로 바뀔 예정이라며 그 틈을 잘 타 보자고 해서 거금을 밀어 넣고 세 해나 기다려서 겨우 얻은 일자리였다.

심심풀이 땅콩, 오징어를 팔았지만 사는 일은 심심풀이가 아니어서 아버지는 할 수 없이 다시 낙향*길에 접어들었다. 당시 기차 간은 깡패 소굴인지라 불량배들이 땅콩, 오징어를 제 물건 가져가듯 쓸어 갔다고 한다.

"어이, 아자씨! 입이 궁금한디** 거 수리매*** 끄슬린 거 두 마리만 내놔 봐."

"우리 거그 고객인 거 잘 알제? 장부에 달어 둬이."

---

* 낙향: 시골로 거처를 옮기거나 이사함.
** 입이 궁금하다: 배가 출출하여 무엇이 먹고 싶다.
*** 수리매: 오징어

"으마, 심심풀이라메?"

이 불량배님들은 아버지가 양말목에 꼬깃꼬깃 모아 둔 물품 대금까지 강탈해 갔다. 그 바람에 퇴근길은 노상 외상 장부만 불려 오는 길이었으니, 그이의 객지 생활 3년은 말도 아니었다. 식구 망실* 없이 하나 더 보탠 것만으로도 감지덕지해야 할 판이었다.

말 그대로 아버지가 다시 귀향길에 오를 때 불린 재산은 둘째인 나를 더 없은 게 유일했다. 닳고 닳은 세간을 밀린 방세 대신 주인집에 일괄 도매로 넘기며, 그나마 주인집이 고물상이라 돌아서는 걸음에 면목이 섰다고 한다. 세 살배기로 둘러업고 올라온 큰아들은 주인집 엿판 위에 실어 한 3년 양동 시장께로 돌려대서**

---

* 망실: 잃어버려 없어짐.
** 돌려대다: 돈이나 물건 따위를 다른 데서 꾸거나 얻어서 대다. '돌라대다'의 잘못.

그나마 촌 땟국물을 씻겼노라고 허허 웃으셨다고 한다.

역시, 농사꾼으로서 아버지에게는 몇 가지 흠이 있었다. 우선 농토가 없다는 게 그중 큰 흠이었다. 어려서부터 손에 익힌 농사일이고 눈썰미가 있는 편이었지만 치명적으로 농부에게는 생명이나 다름없는 땅이 없었던 것이다. 금점꾼* 중에 노름꾼 아닌 인사 없다는 말처럼 할아버지는 꼭 그대로 살아 손바닥만 한 산밭만 남겨 놓았다. 두 마지기** 그 산밭이 아버지가 다시 찾아 지을 수 있는 유일한 농토였다. 아버지는 그러나 낙향 이태***만에 묘지기 몫으로 밭 두 마지기를 맡을 수 있었고, 소작으로도 논 세 마지기를 얻어 짓게 되었다.

또 하나 아버지가 지닌 소소한 흠은, 마을 사람들의 입을 빌려 하자면, 농사를 너무 예술적으로 접근한다는 것이었다. 아버지는 밭고랑을 타더라도 줄을 띄워 한 치의 비뚤어짐을 허용하지 않았다. 못자리를 만들 때는 미장이처럼 흙손을 들고 무논에 꿇어앉아 반듯하게 만들어 나갔다. 그래서 어머니와의 다툼이 늘 끊이지 않았다.

"시방 집 지요? 넘들은 대충들 해 놔도 모가 잘만 지릅디다. 요래 하다가는 넘들 나락 빌 때 우린 모내게 생겼구만 똑."

그때마다 아버지는 옷시! 고함을 쳤다.

---

* 금점꾼: 금광에서 일을 하는 사람
** 마지기: 논밭 넓이의 단위
*** 이태: 두 해

"잔말 말고 줄이나 팽팽히 땡겨!"

"참 내…… 이녁은 뭔 농새를 똑 구경할라고 짓는 사람 맹이요."

어머니가 좀 죽어서 말을 흘리면,

"말 잘했다. 농새는 뿌려 노믄 지심 뽑고 솎아 주는 일이 반이고, 인자 오가며 들여다보는 재미가 반인디, 인자 뒤에는 눈에 나 고치재도 손 못 쓰네."

하여, 어머니로 하여금 늘 제 남편 꼭뒤* 헛주먹을 지르게 하였다.

우리 집 논밭은 마치 농촌 지도소 시범 경작지처럼 보기에 미끈했다. 자신의 말대로 아버지는 논밭 둑에 앉아 자라나는 곡식 구경하기를 즐겨하였다.

아버지의 이 능률 없이 답답한 일 버릇은 가축 치는 일에서는 의외로 진가를 발휘했다. 돼지 한 마리를 길렀는데 열 마리가 넘는 새끼를 여덟 배**나 받아 냈다. 새끼 받는 날이면 아버지는 돼지우리에 남포등을 걸고 산파 노릇으로 밤을 새웠다. 그때나 이제나 돼지 젖꼭지는 꼭 악기 실로폰을 연상시킨다. 앞쪽에 붙은 것일수록 작고 뒤쪽으로 갈수록 점점 커지는 경향이 있는 것이다. 그러나 반대로 젖은 작은 쪽이 많이 나와서 앞쪽을 차지한 새끼 돼지가 더 탐졌다. 한배에서 나온 새끼들이라도 젖살이 오르면 서열이 생겨 힘없는 놈은 늘 말라붙은 젖꼭지 차지이게 마련

---

* 꼭뒤: 뒤통수의 한가운데
** 배: 짐승이 새끼를 낳거나 알을 까는 횟수를 세는 단위

인데, 아버지는 이 애로 사항을 그 꼼꼼한 버릇대로 해결하였다. 매번 수유 때마다 새끼들을 돌려 주어 젖이 고루 가게 한 것이다. 그래서 장사꾼에게 넘길 때 우리 집 돼지 새끼는 몸집이 더 가고 축나는 놈 하나 없이 같은 값을 받았다.

한번은 돼지가 새끼를 열네 마리나 낳아서 좋다가 말 일이 생겼다. 내 셈으로도 어미 젖꼭지는 두 개나 모자랐다. 더구나 맨 뒤쪽 젖꼭지 둘은 크기만 하였지 수놈 것마냥 빈 것이어서 젖꼭지는 도합 네 개가 부족한 것으로 봐야 했다. 하지만 아버지가 어떤 사람인가? 둥구미*를 우리 앞에 놓고 네 마리씩 교대로 빼돌려 새끼들이 돌아가며 어미젖을 고루 먹게 하였다. 한술 더 떠서 어미가 불안하면 젖이 보타진다고** 새끼를 옮길 때마다 아버지는 어미 돼지 머리 위에 토란잎을 씌워 눈을 가려 주었다. 열네 마리나 되는 새끼를 다 살려 내 기르자 동네에는 희한한 소문이 나돌았다. 젖꼭지가 모자란 새끼 돼지 두 마리는 어머니 도롱굴댁이 손수 젖을 물려 길렀다는 웃긴 소문이었다.

그래도 우리 집이 가축이 잘되는 집이라는 소문은 맞는 말이었다. 한마을 오쟁이네가 우리 집에 소를 맡겼으니 말이다. 가축이 안되기로 그만한 집도 없었다. 개가 걸핏하면 쥐약을 먹고 들어와 청마루 밑을 베고 누웠고, 매어 놓고 길러도 병나서 죽어 나가기 일쑤였다. 하다못해 정부에서 쥐잡기 운동을 벌이면서 두 호

---

* 둥구미: 짚으로 둥글고 울이 깊게 걸어 만든 그릇
** 보타지다: 마르다.

당 한 마리씩 분양한 새끼 고양이도 쥐 한 마리 못 잡아 보고 보름 만에 시름시름 죽어 나갔다. 물론 그거야 오쟁이가 제 동생하고 하도 껴안고 돈 나머지 손길을 너무 타서 죽은 것이지만 어쨌든 가축 안되는 집이란 흉조는 씻을 수 없었다. 마침내 첫배를 보게 된 암소가 송아지를 사산하고 말자 오쟁이네 아버지는 부랴부랴 소를 우리 집에 맡기게 되었다. 쟁기질에 맘껏 부려도 된다는 조건을 아버지가 마다할 리 없었다. 그래서 우리 집이 최초로 들여놓은 소는 그 오쟁이네 암소였다.

나는 신날 일이 하나도 없었다. 아침저녁으로 오쟁이와 돌아가며 꼴*을 베다 주는 일도 귀찮았고, 오쟁이 녀석이 주인 행세하는 꼬락서니도 영 마뜩잖았다**.

"아부지, 우리도 소 한 마리 사 불어."

내가 골이 나 말하면 아버지는 오냐, 그러자 하면 좀 좋을까만.

"염병할, 소가 토깽이냐? 사고 잡다고 달랑 사게. 당장 저 도짓소라도 읎으믄 니하고 니 성, 핵교도 끝이여. 그란다고 니놈이 목에다가 멍에를 걸그냐?"

하며 씨도 안 먹힌다는 반응이었다.

"그람 차차 시앙치*** 낳으믄 우리 주라고 해. 우리가 키와 주는디 고것 하나 못 해."

---

* 꼴: 말이나 소에게 먹이는 풀
** 마뜩잖다: 마음에 들 만하지 아니하다.
*** 시앙치: '송아지'의 방언

"네이…… 아부지가 뭐라고 하디? 입 구녕이 너무 허황되게 넘의 밥그럭을 넘보는 고것을 뭐라고 하디?"

"불량배."

"지발 우리는 그렇게 개적잖게 살지 말자. 개 새끼 한 마리 거저 은어다가 길렀다는 말은 들어 봤어도 시앙치 한 마리 거저 은었다는 말은 못 들어 봤응께."

"그거이 으디 공짜여, 우리 집이서 재우고 멕이고 다 하는디?"

"그만 새살까* 대고 얼릉 풀이나 비 와야. 저번 맹이로 쑥만 해다가 퍼믹이지 말구. 소 똥구녕 맥히는 날엔 니놈 입 구녕도 밥 구경 끝이여."

아버지는 꼴망태를 걸어 주고 나를 막 내몰았다.

오쟁이네 암소는 우리 집에서 송아지를 두 배나 착실히 쳤다. 물론 어미 소도 송아지도 탈없이 잘 자랐다. 소에 대한 믿음이 생기자 오쟁이네는 이태 만에 소를 몰고 갔다. 세 번째 송아지는 아버지가 받아 주었지만 어쨌든 오쟁이네는 가축이 안되는 징크스에서 말끔히 벗어났다.

우리 집에 두 번째 소가 들어온 것은 내가 초등학교 3학년 때였다. 긴 장마가 조금 누그러지자 나는 아이들과 함께 옥강 둑으로 나가 불어난 강물에서 떠내려오는 물건들을 건져 냈다. 그것은 할아버지의 할아버지가 아이였을 때로부터 내려오는 일이었다.

• 새살까다: '놀소리하다'의 잘못. '놀소리'는 젖먹이가 누워 놀면서 입으로 내는 군소리를 말한다. 여기서는 '철없는 소리 좀 그만 하라.'는 의미로 쓰였다.

병, 깡통, 양은이나 플라스틱으로 된 가재도구, 버드나무에 걸린 비닐 조각 따위를 대작대기로 끌어내느라 우리는 며칠째 강둑에서 낚시꾼마냥 붙어 지냈다. 모두 엿하고 바꿔 먹기 위해서였다. 간혹 수박이나 참외를 건져 내는 운도 따랐다. 그 몇 해 전에 마을 청년들이 염소를 주운 것을 빼면 그만한 횡재도 없었다. 그런데 그해 나는 염소 따위는 댈 것도 아닌 큰 횡재를 하게 되었다. 소를, 그것도 숨이 붙어 있는 소를 줍게 된 것이다.

소를 가장 먼저 발견한 사람은 내가 아니었다. 정신이 좀 모자란 필구가 아랫도리를 빌빌 꼬면서 뭐라고 고래고래 소리를 질렀는데, 나는 또 무슨 지랄인가 싶어 무심코 그를 쳐다보았다. 필구는 그 모양대로 수양버들이 엉킨 강어귀에 손가락질을 해댔다. 정확히 말하면 강 바위 너머였는데, 거기에서 음매 음매, 마치 영각하는* 소 울음소리가 들려왔다. 울음소리만 아니었다면 그 시뻘건 물에서 소를 분간해 내기도 힘들었을 것이다. 바위에 부딪혀 튀는 흙탕물 속에서 소 머리가 얼핏 보였다. 동네 소 한 마리가 강으로 잘못 든 게 분명하였다.

아이들이 멍청히 보고 있는 동안에 나는 물로 뛰어들었다. 어린 마음에도 소 주인에게 보상을 좀 받겠다는 계산속이 빠르게 굴렀다. 죽을 동 살 동 바위에 닿아 바위 모서리를 잡고 돌아들자, 소는 엉덩이를 주저앉힌 꼴로 버둥거리고 있었다. 나는 소머

---

* 영각하다: 소가 길게 울다.

리께로 돌아가 굴레*를 들어줘었다. 소는 머리를 되게 내저었다. 고삐를 찾아 쥐고 당겨도 소는 한 발짝도 움직이려 들지 않았다. 나는 고삐를 바투 쥐고 물속으로 들어 소의 발께를 더듬어 나갔다. 머잖아 뒷발 하나가 바위틈에 단단히 박힌 것을 손끝으로 확인할 수 있었다. 나는 강가에 대고 소리쳤다.

"장배 하나 던져 주라!"

그러나 그 장마철에 소를 들판에 내놓는 집이 없었기 때문에 쇠말뚝이 있을 리 없었다. 별수 없이 나는 아이들이 던져 준 몽둥이를 바위틈에 밀어 넣었다. 몽둥이가 소 발 아래에 야무지게 자리를 틀자 나는 지렛대로 관을 뜨듯 몽둥이를 내리눌렀다. 소는 꿈쩍도 하지 않았다. 아이들이 도와줄 요량으로 옷을 벗는 모습이 보였다.

"야, 들어오지 마!"

나는 아이들을 향해 소리쳤다.

"한 놈이라도 오기만 해 봐. 물송장을 맹글어 불 거여. 절대루!"

나의 엄포에 아이들이 주춤주춤 그 자리에 섰다.

더욱 다급해진 나는 아예 몽둥이 끝에 몸을 싣고 발을 구르기 시작했다. 그렇게 발을 구르는 한편으로 소한테도 힘 좀 쓰라고 엉덩이를 철썩 때려대길 몇 번이나 했을까. 어느 순간 딛고 선 몽둥이가 맥없이 주저앉으며 소가 거꾸러지듯 물속으로 머리를 처

• 굴레: 소나 말을 부리려고 머리 쪽에 얽어 씌우는 굵은 줄

박았다. 나 역시 균형을 잃고 물속에 잠방 빠지고 말았는데, 허우적거리며 고개를 드니 아이들의 환호성이 들려왔다. 그 겨를에도 나는 손에 그러쥔 고삐만은 놓치지 않고 있었다.

강가로 끌어내 놓고 보니 소는 암컷인데다가 이미 코뚜레*도 해 넣은 중소**가 좀 넘는 놈이었다. 바위틈에 끼인 뒷발은 한 뼘쯤 가죽이 벗겨져 벌겋게 살이 드러나 있었는데, 피가 약간 배어 나올 뿐 뼈가 상한 것 같지는 않았다. 고삐를 끌고 걸음을 걸리자 놈은 뒤뚱거리며 문제없이 걸었다.

"누네 집 소 맹이냐?"

나는 숨을 헐떡이며 아이들에게 물었다.

"우리 동네 소는 아닌 것 맹인디."

오쟁이가 대답했다. 나는 다른 아이들의 얼굴도 둘러보았다. 다들 동네 소가 아니라고 한결같이 고개를 저었다. 내가 봐도 그건 틀림없는 사실이었다. 열댓 마리도 안 되는 동네 소라면 우리는 그 워낭*** 소리만 가지고도 알아낼 수 있었다. 그만 나는 낙심되어 고삐를 땅바닥에 내던졌다.

"인자 어쩔래?"

하고 오쟁이가 물었을 때 나는 너무 허망하여 쭈그려 앉아 있었다. 보아하니 오쟁이놈은 쌤통이라는 표정을 감추지 않고 있었다.

---

* 코뚜레: 소의 코를 뚫어서 끼우는 둥근 고리
** 중소: 크기가 중간 정도 되는 소
*** 워낭: 말이나 소의 귀에서 턱 밑으로 늘여 단 방울

나는 대꾸하지 않고 고삐를 다시 낚아채듯 집어 들고 소 잔등을 갈겼다. 나는 동네를 향해 방죽* 길로 소를 몰았다. 아이들이 서너 발짝 떨어져서 주춤주춤 뒤를 따랐다. 어느새 우리 사이에는 견디기 힘든 침묵이 흐르고 있었다. 나는 문득 걸음을 멈췄다.

"느그도 봤제만 나가 분맹이 줏은 소여."

해 놓고 아이들 표정을 살피자니 이것 봐라, 녀석들은 가타부타 아무 대꾸가 없는 것이다.

"필구, 봤어, 안 봤어?"

나는 물정 모르는 필구만 다그쳤다. 필구는 예의 그 바보 같은 표정으로 연신 벙싯거리며 "바쪄 바쪄." 했다. 그러더니 두 손을 하늘로 번쩍 치켜들고 소리치는 것이었다.

"동맹이가 소를 줏었다아! 동맹이가 줏었다아!"

되게 시끄러워졌다. 더 말할 필요도 없다는 듯 나는 돌아서서 소 잔등을 갈겼다. 워낭 소리가 댕그랑댕그랑 경쾌했다.

"낼이라도 당장 주인이 찾으러 올걸."

뒤를 따르던 오쟁이가 들릴락 말락 중얼거리는 소리로 말했다. 어느덧 우리는 감은돌이재에 이르러 있었다. 저녁 짓는 연기와 마당마다 놓은 모깃불 연기에 덮여 잠잠해진 마을이 보였다. 나는 허리에 팔을 척 걸치고 오쟁이를 향해 돌아섰다.

"니 차미**랑 수박 찾으러 온 사람 봤어?"

---

* 방죽: 물이 밀려들어 오는 것을 막기 위하여 쌓은 둑
** 차미: 참외

“아니.”

“세숫대야랑 양푼이랑 찾으러 오는 사람 있디?”

“아니.”

점점 목소리가 꺼져 가는 오쟁이를 나는 몰아붙였다.

“그람 앞전에 염생이 주인이라고 누가 나서디?”

오쟁이 녀석은 결국 입을 닫고 희미하게 도리질만 했다.

“그람 인자 줏은 사람이 임자여. 알았어?”

내 말이 끝나기 무섭게 오쟁이 옆에 선 진칠이가 끼어들었다.

“그래도 손디?”

다음은 상구였다.

“저 윗동네에서 주인이 쎄가 빠지게* 찾고 있을 거여.”

“하믄. 갈문리 소인 중도 몰르고, 그 너미 문대미 소인 중도 몰르고…….”

명철이었다.

그만 안 되겠다 싶어 나는 고삐를 나무 둥치에 걸어 매었다. 그리고 아이들 어깨를 툭툭 쳐서 다들 강을 향해 서게 했다. 강은 산과 들을 가르며 굽이굽이 뻗어 가다가 우중충한 대기 속으로 자취를 감추고 있었다. 맑은 날 보아서 알지만 그 흐릿한 대기 너머에는 더 높은 산들이 첩첩이 어깨를 겯고 까마득할 거였다.

“갈문리, 문대미 우에 또 뭔 동네 있어?”

---

* 쎄가 빠지게: 혀가 나올 만큼 아주 힘들게. '쎄'는 '혀'의 방언이다.

나는 명철이에게 따져 물었다.

"고옥하고 문꾸지제."

이번에 나는 상구를 바라보며 물었다.

"고옥하고 문꾸지 담은 으디여?"

"비석금."

"그담은?"

"축도."

우리들의 시야에는 더 이상 마을이 보이지 않았다. 물론 강, 들, 산도 그 우중충한 대기 속으로 가뭇없이* 스며들고 없었다.

"똑똑한 오쟁이 너, 그담 동네는 으디랴?"

"추실일랑가?"

"가 봤어?"

"아니. 근디 우리 아부지가 그기 추실장에서 소를 사 왔디야."

"글믄 그다음 동네는 으디여?"

"몰러."

오쟁이는 머리를 저었다. 상구도 진칠이도 명철이도 시무룩해져서 머리를 저었다.

"가 보도 안 한 것덜이, 씨! 저 강 우로 동네가 을매나 째 불었는지덜 알어? 저 소 터럭**만치는 될 거구만."

나는 돌아서서 다시 소고삐를 풀었다.

---

* 가뭇없이: 보이던 것이 전혀 보이지 않아 찾을 곳이 감감하게
** 터럭: 사람이나 짐승의 몸에 난 털

마을에 들어서자 필구가 앞서 달려가며 골목에다 대고 소리쳤다.

"동맹이가 줏었다! 동맹이가 줏었다!"

필구한테 어지간히 길들여진 마을 사람들은 아무도 내다보지 않았다. 나는 차라리 다행이라고 생각했다. 괜히 소문이 퍼지면 주인이 나타날지도 모르는 일이었다. 계속 필구가 그 짓거리를 하며 앞에서 얼쩡거리자 나는 돌멩이를 집어 던졌다.

"야, 필구야! 느그 어메가 밥 묵으라고 부른다. 얼릉 가서 밥 묵어!"

필구는 이제 "밥 묵자."는 소리를 내지르며 제집으로 달려갔다.

나는 고개를 뻣뻣이 들고 소를 몰았다. 진창이 가로막아도 나는 첨벙거리며 지나갔다. 골목이 깊어지자 아이들도 하나둘씩 떨어져 나갔다. 집 앞에 이르러 나는 잠시 멈춰 섰다. 어머니와 아버지, 그리고 형의 얼굴을 떠올리자 비로소 소를 주웠다는 사실이 실감 났다. 나는 소 코뚜레를 잡고 사립문 앞에 서서 "엄마!" 하고 불렀다.

방문이 열리고 어머니의 얼굴이 보이기 전에 목소리부터 마중을 나왔다.

"밥때 되믄 기어 들어와야제 으디를 싸돌아댕기다가……."

밥숟갈을 든 어머니는 말하다 말고,

"누네 소를 몰고 댕긴디야? 벨일이시, 니가 넘 소 풀을 다 멕이고."

"시방 이 소 나가 줏어 갖고 오는 소여!"

196

　　나는 소리 높여 말했다. 절로 입이 벙글어지며 눈물이 막 나오
려고 했다. 문 너머로 아버지가 얼굴을 내밀었다.

　　"저노므 새끼가 뭣이라고 해 싼가?"

　　"소를 줏어 왔다고 안하요."

　　어머니와 아버지가 말을 주고받았다.

　　"뭣이여? 소를……."

　　아버지는 툇마루로 나왔다. 나는 아버지에게 말했다.

　　"나가 소를 줏었당께."

　　나는 소를 마당으로 끌어 넣었다.

　　"닌장, 으떤 얼개미 겉은 작자가 소를 대구 내돌렸디야?"

아버지의 반응이 의외로 시큰둥하자 나는 안달이 나서 주절거렸다.

"옥강에서 줏었당께요. 다 죽어 가는 걸 나가 생똥*을 싼시롬 건져 내 부렀어요. 인자 요것은 우리 것이에요."

나도 모르게 말투마저 바뀌어 괜히 간지러워졌다. 아버지는 내 젖은 몰골을 훑어보고 이내 고무신을 꿰고 마당으로 내려섰다. 소를 요리조리 둘러보더니 내 손에서 고삐를 빼앗아 들고 감나무 밑으로 갔다. 감나무에 소를 매어 놓고 다시 다가온 아버지는 내 몸을 사립문으로 돌려세웠다.

"으딘지 가 보자."

"차암, 아버지는…… 옥강에서 줏었당께."

"긍께 말이며. 싸게 앞장서!"

나는 아버지에게 질질 끌려가다시피 감은돌이재를 넘고 옥강 둑으로 갔다. 이미 강에는 어둠이 질펀하게 내리고 있었다. 먼 마을에서 불빛이 가물가물 돋아나 있었다. 소를 건져 낸 강둑에 이르러 나는 아버지에게 비교적 자세하게 설명했다. 내가 얼마나 위태롭게 소를 건져 냈는지 조금 과장하여 말하는 것도 잊지 않았다. 그런데 내 말이 끝나기가 무섭게 아버지는 내 뒤통수를 냅다 내질렀다.

"이놈의 새끼! 내가 그렇게 함부로 물에 기들라고 가르치든?

• 생똥: 배탈이 나서 먹은 것이 제대로 소화되지 못하고 나오는 똥의 방언. 여기서는 엄청 어렵게 고생을 했다는 의미이다.

응? 목심(목숨)을 왜 그렇게 조심성 없이 헛치고 다니냔 말여.
이 에미 애비를 튀겨 묵을 놈아!"

아버지는 몇 번을 더 그렇게 쥐어박았다.

"어여 집으로 가!"

보통 손때가 매운 게 아니었다. 아버지는 칭얼칭얼 우는 나를
닦아세우고* 다시 마을로 향했다. 내가 운 것은 아버지의 손찌검
때문이라기보다 내 심정을 몰라준다는 서러움 때문이었다. 나는
호박덩어리를 건져 낸 것이 아니라 소를 주운 것이다. 그런데도
이 가난하고 불쌍한 우리 아버지는 자기 집에 무슨 일이 일어났
는지 깜깜했던 것이다.

아버지의 그 미적지근한 태도는 이튿날 아침 나를 더욱 망연자
실하게** 했다. 잠든 밤 동안 아버지가 소 다리의 상처에 석유를
뿌리고 천을 싸매 준 것은 좋았는데, 우리 형제가 가방을 메고 집
을 나설 때는 뜬금없이 소를 몰고 나란히 나서는 거였다.

"소를 거기다 도로 몰아다 놀 거여. 그람 주인이 찾아가겠제."

아버지는 그 말만 내놓고는 더 이상 입을 열지 않았다. 나는 시
무룩해져서 동구 밖 갈림길에서 아버지와 헤어졌다.

하루 내내 소 생각만 하다가 학교를 파하자***마자 나는 곧장 강
둑으로 달려갔다. 소는 방죽에 배를 깔고 앉아 있었다. 소가 눈에

---

* 닦아세우다: 꼼짝 못 하게 휘몰아 나무라다.
** 망연자실하다: 멍하니 정신을 잃다.
*** 파하다: 어떤 일을 마치거나 그만두다.

들어오자 나는 그만 눈물이 핑 돌았다. 나는 쇠말뚝에서 고삐를 풀어 소에게 풀을 뜯겼다.

해가 지고 어둑어둑해졌는데도 나는 집으로 돌아갈 생각을 하지 않았다. 이슬 내리는 강둑에 소만 남겨 놓고 돌아갈 순 없었다. 집에 돌아갈 일도 걱정이었다. 될 대로 되라는 심정으로 소와 함께 방죽에 앉아 있는데 형이 찾으러 왔다.

"인마, 니 아부지한테 죽었다. 아부지가 너 여그 가 있는 중 다 안단 말여."

"안 가!"

나는 소고삐를 그러쥐었다. 형은 풀밭에서 내 가방을 들어 어깨에 둘러멨다.

"바보 새끼, 니가 그런다고 우리 것 될 중 아냐? 아부지가 지서*에 신고를 해 놨응께 주인이 금방 찾으러 올 거라고."

"뭐여, 신고를 했어? 바보 천치여! 아부지는 바보 천치랑께!"

"어여 일어나! 저녁밥 채려 났단 말여. 니도 없는디 밥숟갈 들었다가 아부지한테 도둑놈의 새끼라는 말 들었단 말여. 나도 니 땜이 성가셔 죽겠다. 숙제도 많구만."

"행님아, 주인이 안 나타나믄 어떻게 되냐? 니 공부 잘한께 알제?"

"그라믄야 줏은 사람 차지겄제."

---

* 지서: 본서에서 갈려 나가, 그 관할 아래서 지역의 일을 맡아하는 관서. 주로 경찰 지서를 이른다.

"참말로?"

"근디 누가 소 잃고 가만있겠냐? 폴세* 마이크로 사방에 다 알렸을 건디."

나는 풀이 죽어 일어났다. 형 어깨에서 가방을 벗겨 들고 나는 터벅터벅 집을 향해 걸었다. 한참 만에 나는 형한테 다짐을 받듯 재차 물었다.

"암튼 주인 안 나타나믄 저건 우리 소란 말이제?"

형은 쯧, 하고 혀를 차곤 그러나 더 말이 없었다.

집에 들자마자 아버지는 지겟작대기를 집어 들고 나를 닦아세웠다.

"너 이놈의 새끼, 학교 파하면 집으로 핑 들어올 생각은 않고 으디서 자빠졌다가 인저 기어들어 오는 겨!"

아버지는 지겟작대기로 등에 짊어진 가방을 쿡 쑤시더니,

"니 숙제는 해 놓고 요라고 댕기는 거여? 대체 니는 어디서 까나온 자식이길래 그렇게 속만 썩이냐, 으이?"

하며 나를 지겟작대기 끝으로 콕 찔러 죽일 기세였다. 나는 마당 모깃불 옆에 주저앉아 입만 실룩거렸다. 왕겨를 한 삼태기 부어 놓은 모깃불에서는 불꽃이 발근발근 일어나고 있었다. 아버지는 생솔가지를 올릴 셈이었다가 내가 나타나자 잊어 먹은 듯, 불자리 옆에 생솔가지가 수북했다. 눈물은 삐질삐질 나오는데 나는

---

* 폴세: '벌써'의 방언

소리를 내지 않았다. 그게 더 얄미웠는지 느닷없이 아버지가 어깨에서 가방을 낚아챘다.

"니눔은 천상* 가르채 봤자 소용없고."

하곤 가방을 모깃불에 집어 던져 버리는 거였다. 나는 그만 땅바닥에 벌렁 드러누워 마당을 쓸며 울기 시작했다. 형이 후닥닥 달려가 모깃불에서 가방을 꺼내려고 하자 아버지가 버럭 호통을 쳤다.

"냅둬!"

형은 주춤주춤 물러섰다. 그러자 이번에는 어머니가 달려들어 불에서 가방을 꺼냈다. 벌써 불이 붙어서 불덩어리 하나가 통째로 떨어져 나온 것 같았다.

"아이고메!"

어머니는 허겁지겁 부엌으로 달려가 바가지에 물을 떠다가 가방에 끼얹었다.

나는 밥도 안 먹고 가방을 챙겨 들고 방에 들었다. 눈물이 그치지 않았다. 방 안에선 잿내가 진동했다. 이미 책이며 공책은 비닐이 눌어붙고 타서 못 쓰게 돼 버렸다.

밤중에 아버지가 툇마루를 내려서는 기척이 들렸다. 그때를 맞춰 부러 나는 마당으로 나가 모깃불에 가방을 집어 던져 버렸다. 아버지는 뒷간 앞마당에서 뻐끔뻐끔 담배를 태우고 있었다.

이튿날 나는 학교에 가지 않았다. 가방도 책도 없이 무슨 수

---

* 천상: '천생'의 방언. 이미 정하여진 것처럼 어쩔 수 없이

202

로 간단 말인가? 지난 학년, 책을 반납하던 날 정례가 선생님한 테 당하던 일을 생각하면 몸서리가 쳐졌다. 정례는 도덕책을 반 납 못 했는데 제 할아버지가 찢어서 잎담배를 말아 피워 버렸다 고 한다. 선생님은 정례의 손등을 쇠자로 열 대나 때리고 하루 내 내 손을 들고 서 있게 했다. 선생님을 생각만 해도 나는 겁이 나 서 방바닥에 배를 깔고 누워 버렸다.

밥상머리에서 아무 말도 없던 아버지로 보아 분명 당신도 후회 를 하고 있는 것 같았다. 나는 그런 아버지가 얄밉고 한편으론 쌤 통이라는 생각이 들었다. 밤새 배를 곯았던 나는 아버지가 보란 듯 밥 한 그릇을 싹싹 비웠다.

"동맹아!"

그런데 아버지가 방문 너머로 날 불렀다.

"공부 안 가냐?"

나는 대답하지 않았다.

"그려. 니놈은 천상 공부헐 싹수는 못 되는 거 같응께 농새나 배와야제. 니 성 하나 공부시키재도 이 애비는 쎗바닥이 빠진 다."

그래 놓고 아버지는 벌컥 문을 열었다.

"아, 뭣 혀? 콩 뽑으러 가야제."

콩밭에 앉아 콩을 뽑자니 삐질삐질 눈물이 났다. 구름은 재를 넘어 흘러갔다. 풀무치랑 메뚜기 같은 날벌레들이 장글장글한 햇 볕 속을 날아다녔다. 불개미가 옷 속으로 기어들어 불알을 물고

늘어졌다. 나는 불알을 긁으며 기어이 흙 위에 퍼더버리고[*] 앉아 울음을 터뜨리고 말았다.

아버지는 점심을 먹인 후 나를 앞세우고 학교로 갔다. 선생님에게 정중하게 인사를 올린 후 아버지는 말했다.

"지난밤에 석유 등잔이 자빠져설랑 방을 옴싹 태와 불었어요. 그 바람에 야 책이 그만 못 쓰게 돼 불었는디 넓은 혜량으로다가 선처 부탁헙니다."

선생님은 내 머리를 쓰다듬었다. 선생님은 나를 직접 데리고 창고로 가서 일일이 책을 찾아 챙겨 주었다. 돌아오는 길에 아버지는 가방도 하나 새로 사 주고 공책이며 연필에, 아직 한 번도 가져 보지 못한 지남철이 달린 필통까지 사 주는 거였다.

"소는 집으로 데려다 놀 거여. 주인이 찾어올 때까장만 집이서 키우는 거닝께 정붙이지 말어라 잉?"

나는 씩 웃으며 고개를 끄덕였다.

그런데 그게 어디 말처럼 되는 일인가? 아침저녁으로 나는 꼴을 베어 나르고, 오후에는 소를 몰아 풀을 뜯겼다. 아버지는 그런 내 행동을 못마땅해했다.

"행, 그걸 두고 소 궁둥이에 꼴 던지는 격이라고 하는 겨. 이런 염병할, 소가 널 주인으로 뫼실 성싶으냐?"

하지만 근 한 달이 지났는데도 주인은 나타나지 않았다. 소는

* 퍼더버리다: 팔다리를 아무렇게나 편하게 뻗다.

점차 기력을 회복해 제법 살이 오르기 시작했다. 그러는 동안에 아버지의 매운 눈은 퍽 부드러워지고 가끔 당신이 직접 고구마 줄기를 뜯어다가 지게로 부려° 놓는 일도 생겼다.

"내불기 아까워서 소나 믹이는 거여."

나는 매일 이부자리 속에서 제발 주인이 나타나지 않게 해 달라고 기도를 드렸다. 조마조마한 마음이 늘 가시지 않았던 것이다.

어느 날 저녁 무렵에 소를 몰고 들어가 감나무 아래 묶으려고 하자, 아버지는 그동안 비워 두었던 외양간 문을 열었다.

"어디 온 집 안에 내금새°°가 진동하고 퍼리가 끓어서 쓰것냐?"

외양간으로 소를 몰아넣는 나에게 아버지는 그렇게 말했다.

소를 기르게 된 지 두 달이나 지났을까, 갑자기 소가 풀도 잘 안 뜯고 울어대기만 했다. 그 좋아하던 수숫대도 발밑으로 깔아 버렸다. 멀리 하늘을 바라보는 큰 눈이 퍽이나 슬퍼 보이기까지 했다. 나는 이놈이 제집이 그리워서 그러는 것만 같았다. 그래서 애처롭기도 하고 섭섭해 나는 곧잘 놈의 배때기를 걷어찼다.

아버지는 소꼬리를 들어 보고 내려놓고 또 들어 보고 하더니, 그날 밥상머리에서 말했다.

"소가 불을 낸 모냥이여."

그리고 그날 오후에는 옆 마을에서 수놈을 데려왔다. 안으로

° 부리다: 사람의 등에 지거나 자동차나 배 따위에 실었던 것을 내려놓다.
°° 내금새: '냄새'의 방언

휘어진 뿔이 날카롭고 주둥이가 검은 우걱뿔이*였다. 몸집도 우리 소보다 두 배는 족히 커 보였다.

"첫배요?"

우걱뿔이 주인이 물었다. 아버지가 고개를 끄덕였다.

오쟁이네 아버지도 나타나 걱정스럽다는 듯 혀를 찼다.

"소한테 덜컥 짝부텀 맺어 주믄 어짠디야!"

"아, 이 짐생이 서방 호적에 올려놓고 사는 짐생이여?"

아버지는 발끈했다.

"아니, 어찧게 될 중도 모르는 소라 내 하는 말이시."

"걱정 말어. 주인이 갈래 붙인 돈까지 토해 내겄제. 그란다고 불두덩이 뻘건 걸 기냥 냅둬."

아버지는 마을 뒷산의 Y 자로 줄기가 자란 소나무에 암소 머리를 집어넣고 고삐를 친친 감았다. 동네 소는 대부분 그곳에서 암구었기** 때문에 우리 아이들은 그 소나무를 '소빽나무'라고 불렀다. 우걱뿔이 주인이 수놈을 몰아오자 우리 암소는 길게 울음을 토했다. 우걱뿔이도 펄쩍 뛰더니 더 우렁찬 소리로 울었다. 놈은 이내 입에 거품을 물었다. 우걱뿔이는 무지막지하게 우리 소의 등을 타고 내리눌렀다. 빨갛고 기다란 양물이 허공에서 덜렁거리자 소 주인이 손으로 잡아 길을 찾아 주는 광경을 나는 심각한 표정으로 지켜보았다. 아버지는 자꾸만 내게 물심부름을 시켰는데

---

* 우걱뿔이: 뿔이 안으로 굽은 소.
** 암구다: 교미를 붙이다.

나는 한달음에 그 일을 해치웠기 때문에 우리 소가 시집가는 광경을 거의 놓치지 않고 볼 수 있었다.

일이 끝났을 때 나는 아버지에게 물었다.

"그람 우리 소도 인자 시앙치를 밴 거여?"

"그려, 첫배라 낼도 한 번 더 시킬 거여."

"달력에 똥구래미를 쳐 놓까?"

"그려."

"열 달 뒤에다가도 쳐 놀께잉."

"내년 달력이 있냐?"

그래도 나는 신이 났다. 가만히 기색을 살피자니 아버지도 여간 즐거운 낯이 아니었다. 나는 아버지가 이제 소를 우리 집 소로 기정사실화했다고 생각되자 그것이 더없이 기뻤다.

아버지는 슬금슬금 내 자리를 차지하고 들어왔다. 아침마다 쇠꼴 베라고 불러 깨우지를 않나, 소를 풀도 안 좋은 방죽으로만 몰고 다닌다고 역정을 냈다. 아침저녁으로 여물을 쑤는 것은 말할 것도 없고 읍내에서 복합 사료도 져 날랐다. 두 달 전보다 나는 맥이 많이 빠져 있었다.

하루는 학교에서 돌아오자 마당에 큰 썰매 같은 게 널브러져 있었다. 그것은 쟁기질 뒤 마른써레질에 쓰는 끄슬쿠라는 농기구였다. 그 위에 맷돌이 올라가 있어서 나는 의아하게 생각했다.

"아부지, 저게 뭐여?"

"이, 너도 이따가 으디 가지 말고 저기 올라타라. 소 쟁기질 연

습시킬 거여."

아버지는 *끄슬쿠*에서 써레발을 모두 뽑아내고 소 뒤에다가 쟁기처럼 달았다. 그로부터 한 닷새를 아버지는 온 동네 골목에 흙먼지를 일으키며 소를 몰아 돌았다. 물론 나도 그 흙썰매 같은 *끄슬쿠* 위에 타야 했다.

"이랴, 쩌 쩌, 이랴, 쩌 쩌……."

날이 갈수록 아버지는 *끄슬쿠*를 점점 무겁게 했다. 나흘째에는 동네 아이들까지 태웠다. 오쟁이가 저희 집 앞에서 뾰로통하게 서 있는 모습은 참 샘통이었다.

그럭저럭 석 달이 지난 무렵이었다. 하루는 학교에서 돌아와 보니 소가 간 곳이 없었다. 아버지도 보이지 않았다. 어머니만 툇마루에 앉아 한숨을 폭 쉬는 게 예감이 심상치 않았다.

"소 주인이 나타났단 말이다."

어머니는 또 한숨이었다.

"올라믄 진작 오지 인자사 올 건 뭐라냐."

어머니는 뛰쳐나가려는 내 손을 끌어 잡았다. 나는 칭얼칭얼 울기 시작했다.

"울지 마라. 원래 그러자고 들인 소 아니었냐?"

그래 놓고 어머니는 또 한숨이었다. 아버지는 손수 고삐를 잡고 주인과 함께 고개 너머 경찰서로 넘어갔다고 했다. 나는 눈을 썩썩 문지르고 말했다.

"그람 아부지가 소를 다시 찾어올랑 갑네이?"

"뭔 수로 고걸 다시 데려오것냐."

"또 모르제. 그간 길러 줘서 고맙다고 주인이 싸게 팔지도."

나는 그 긴 오후 한나절을 막연한 기대를 품은 채 아버지를 기다렸다. 혹시 쇠꼴을 베어다 놓으면 그게 무슨 주술*이 되어 소가 다시 돌아올 것만 같아 나는 두 망태나 꼴을 걷어다가 놓았다. 점심 전에 나갔다는 아버지는 해거름 녘이 되어도 나타나지 않았다.

저녁 무렵에 아버지는 오쟁이 아버지와 함께 집으로 들어왔다. 빈손이었다.

"어떻게 됐다요?"

어머니가 먼저 물었다. 아버지는 한숨이었고 오쟁이 아버지가 대신 대답했다.

"일단 주인이 데려갔소."

그래 놓고 그는 아버지를 향해 덧붙였다.

"내 말대로 하란 말이시. 이참에 좀 세게 나가서 섭섭지 않게 뽑아내란 말여. 아까 순경도 안 글등가? 그간 수고한 건 저저금** 알아서들 허라고. 그거이 뭔 소리겄어? 사정이 이만저만 됐응께 소 주인이 정상***을 참작해라, 그 소리제."

"거기도 영 불량한 사람은 아니더네. 그러지 말고 자네 여웃돈 좀 돌리세."

---

* 주술: 불행이나 재해를 막으려고 주문을 외우거나 술법을 부리는 일
** 저저금: '제가끔'의 방언. 저마다 따로따로
*** 정상: 있는 그대로의 사정과 형편

"나가 뭔 여웃돈이 있당가?"

"콩이랑 보리 매상한* 것 좀 있잖여."

"그게 을매나 된다고?"

"아순 대로 이것저것 좀 보태믄 흥정이라도 너 볼 수 있잖여."

"흥정? 와따매, 아까부터 자꼬 그 소린디 누가 빚내서 시앙치
도 아니고 다 큰 소를 사겠다믄 안 웃겄어?"

"다른 말 말고 좀 돌리세. 나가 낼은 직접 찾아 댕겨오겄다니
께."

이튿날 아침 나는 학교에 가다 말고 동구 밖에서 걸음을 멈추
었다. 밤부터 나는 작심을 하고 있었다.

"너 시방 왜 그려?"

형이 몸을 틀고 물었다.

"나 소 찾으러 갈 거여."

"뭐?"

"아부지 따러 소 찾으러 간당께."

"니까짓 거이 가서 뭘 어쩌겄다고?"

"소 돌레주라고 할 거여. 그래도 안 되믄 외양간에 둔너 불제."

"칫, 느자구**없는 소리 하고 자빠졌네. 얼렁 가야."

형이 몸을 돌렸다. 나는 한 걸음 물러났다.

"소 찾으믄 행님 니도 고등학교를 광주로 갈 수 있어."

• 매상하다: 상품을 팔다.
•• 느자구: '싹수'의 방언. 어떤 일이나 사람이 앞으로 잘될 것 같은 낌새나 징조

"그래서 시방 학교 안 가겠다고? 아부지가 가만있겠냐?"

그래 놓고 형은 걸어갔다. 별수 없이 내가 뒤따라올 줄 알았던 모양이다.

"행님아, 나는 숙제럴 안 해서 가재도 갈 수가 없다."

형은 뒤도 돌아보지 않고 저만치 멀어졌다.

나는 팽나무 뒤로 물러나 아버지를 기다렸다. 머잖아 장 나가는 차림새로 옷을 차려입은 아버지가 마을 길을 걸어 나오는 게 보였다. 겨드랑이에 낀 노란 종이 꾸러미는 돈이 틀림없었다. 내가 팽나무 뒤에서 쭈뼛쭈뼛 나오자 아버지는 기가 막힌 얼굴로 빤히 쳐다보았다. 나는 가야 할 길로 몸을 돌리고 섰다. 뒤에서는 어떤 기척도 없었다. 아버지는 아무 말 없이 앞서 걸어갔다.

우리는 고갯마루에서 버스를 기다렸다.

"아부지, 동네가 어디래요?"

"왜, 말하믄 니가 다 알겄냐? 문대미랴."

아버지는 아무렇지도 않게 대답했다. 이제 나는 힘이 나서 까불었다.

"버스를 타긴 타야겄네이."

문대미에서 버스를 내린 아버지와 나는 장터를 지나고 큰 동네를 두 군데나 물리면서 강을 거슬러 올라갔다. 그곳 강은 우리 마을 강보다 폭이 좁았지만 물은 더 맑았다. 그동안 아버지는 서너 번이나 사람을 붙잡고 길을 물었다.

작은 마을이 나왔고, 아버지는 점방에 들어 거북선 한 보루를 샀다. 주인 여자는 길로 나와 들판을 가리켰다. 들판 멀리 강둑 아래로 삼나무 뒤뜰이 어두운 민가가 보였다. 아버지는 꾸러미와 함께 담배 보루를 포개서 겨드랑이 깊숙이 찔러 넣었다.

집 곁을 지나자니 사철나무 울 너머로 타작 소리가 들려왔다. 우리는 잠시 멈춰 서서 집 안을 들여다보았다. 마당에 안주인이 앉아 늦콩을 털고 있었다. 텔레비전 안테나도 안 보이는 게 우리 집하고 다를 것 없이 작고 추레한 집이었다.

대문 밖 감나무 밑에서 아버지가 말했다.

"니는 여기 기둘러이."

아버지는 대문도 없는 마당으로 들어갔다. 나는 감나무 그늘에서 고개를 기웃이 내밀고 집 안을 훔쳐보았다. 행랑채*에는 외양간이 딸려 있었지만 비어 있었다. 자연히 나는 집 주변을, 그러니까 들판이라든가 강둑을 살펴보았다. 강둑에 염소 몇 마리는 보였어도 소 같은 건 보이지 않았다. 아버지를 툇마루로 안내해 앉힌 그 집 안댁이 냉수를 한 그릇 내다가 아버지에게 건넸다.

그녀는 바깥양반이 나무를 싣고 바닷가로 갔다고 했다.

"김 양식장에 말목을 한 사날 달구지로 내다 주고 있는디 점심 은 자세야 올 건디요."

"그 소가 달구지를 다 끈다요?"

아버지가 외양간을 건너다보며 놀란 눈으로 물었다. 좀 섭섭한

* 행랑채: 대문간 곁에 있는 집채

눈빛이었다.

"글찮애도 애 아부지가 을매나 아즘찮아*하는지, 원. 소가 똑 우리 소 같지 않게 실해졌어라. 내일 새나 일머리가 든다고 한 번 인사하러 댕게오겠다고 허기는 허든만요."

아주머니가 아버지에게 한 번 더 굽실했고, 아버지는 큼큼 헛기침을 놓았다.

"내일 일머리가 든다고요? 그람 모레 새나 다시 한 번 올랍니다."

아버지는 말도 못 꺼내 보고 그냥 일어서는 눈치였다. 마당으로 내려서던 아버지는 잊었다는 듯 아주머니에게 담배 보루를 내밀었다.

"외려 우리가 슨사를 해도 해야 하는디……."

아주머니는 황송한 듯 불편한 듯 담배 보루를 받아들었다. 내가 툭 불거져 나가 아버지 곁에 서자 안댁이 깜짝 놀라며 말했다.

"으매, 아들이 와 있었는 갑네. 들어오제야?"

"야가 소 좀 보겠다고 핵교도 안 가고 요래 삐득삐득 따러 안 오요."

"오매, 그랑게 니가 갱에서 소를 건진 갸구나? 영 실겁게 생겼네이."

안댁이 내 머리를 쓰다듬었다.

---

* 아즘찮다: 남에게 폐를 끼쳐서 미안하다는 뜻인 '안심찮다'의 방언

"소한테 정 주지 말라고 그래 해 댔는데도 작것이 고만 정을 줘 갖고 밤낮 밥도 안 처묵고 울기만 해 싸요."

그렇게 말한 아버지는 정말 짠하고 속상한 눈빛으로 나를 바라보았다. 그러자 갑자기 나는 눈물이 찔찔 나기 시작했다. 나는 점점 콧물까지 삼키며 서럽게 울어 버렸다. 나도 모를 일이었다. 안댁이 어쩔 줄 몰라 했다.

"허허, 넘 부담시럽게……. 뚝 못 그치냐?"

아버지는 꺼칠한 손바닥으로 내 낯을 훔쳤다. 안댁이 집 안으로 뛰어 들어갔다가 돌아와 내 손에 뭔가를 덥석 쥐여 주었다. 1,000원짜리 한 장이었다.

"공책 사서 써라 잉."

"아따, 뭘 이런 걸 주고 그란다요. 애 버릇 나뻐지게."

아버지와 나는 마을을 걸어 나왔다. 장터에서 아버지는 자장면을 사 주었다.

이틀 뒤 나는 수업이 끝나자마자 집으로 달려갔다. 아버지는 돌아와 있지 않았다.

"점심 자시고 가셨는디 금방 오것냐?"

어머니가 찐 고구마를 내놓으며 말했다.

"소 꼭 사 온다고 했제?"

"그랄라고 갔다만…… 오쟁이 아부지가 따라나섰응께 잘 안 되것냐? 그 양반이 그래도 흥정 붙이는 디는 느그 아부지보다 난께."

해가 설핏 기울고 형이 돌아왔는데도 아버지는 돌아오지 않았다. 나는 형과 함께 동구 밖까지 서너 차례나 들락날락했다.

"하긴 버스에 못 태운께 소를 걸켜 오자면 늦을 거네 잉?"

위안이나 삼자고 나는 네댓 차례도 넘게 같은 말을 반복했다. 어머니가 저녁상을 밀어 주었지만 우리는 뜨는 둥 마는 둥 했다.

아버지가 돌아온 것은 달빛이 훤할 때였다.

술에 취해 비틀거리며 사립문을 들어서는 아버지를 보며 우선 나는 소고삐가 들렸는지 살펴보았다. 그러나 달빛 아래 선 아버지는 맨손이었다. 아니다. 손에는 예의 그 종이 꾸러미가 달랑달랑 매달려 있었다. 아버지는 종이 꾸러미를 땅바닥에 내던지고 감나무 밑으로 걸어가 통나무처럼 털썩 주저앉았다.

나는 얼른 종이 꾸러미부터 풀어 헤쳤다. 돈 꾸러미를 확인해야 현실을 받아들이겠다는 조급함 때문이었다. 하지만 종이 꾸러미에서는 차갑고 물컹한 고깃덩어리가 나왔다.

"워매, 소를 잡어 부렀는 갑다, 씨!"

나는 나도 모르게 그렇게 소리쳤는데, 형이 대뜸 내 뒤통수를 콕 쥐어박았다. 아버지가 꺽꺽 울고 있었던 것이다.

"그 집구석도 한심하더란 말이지. 그 소가 단매소*라 그거 없으 든 농새고 뭐고 못 묵고 산다야. 워매!"

아버지의 우는 모습을 본 것은 그때가 처음이었다.

• 단매소: 단 한 마리의 소

뒷날 가출한 형이 송아지 한 마리를 몰고 나타났을 때 아버지는 그 송아지를 하룻밤 동안 대문 밖에 세워 두고 들이지 않았다. 당시 고등학교 3학년생이었던 형은 사귀던 여자가 임신을 했다는 소식을 듣고 무작정 가출을 했다. 수술비를 마련한답시고 서울로 올라간 것인데 두 달 동안 가리봉동 사출 공장에서 30만 원을 모아 내려와 보니 그 여자가 새빨간 거짓말을 했다더란다. 집에 들어오기도 면목이 없던 형은 그 돈으로 송아지 한 마리를 사 온 것이다. 소가 똥금°이던 시절이었다.

"워매, 내력 없는 손지가 하나 들어왔네. 내력 없는 소 손지가……"

아버지는 며칠간 외양간 앞에서 그렇게 한탄했다.

아무튼 그 송아지가 자라 송아지를 낳고, 그 송아지가 또 송아지를 낳아 지금은 얼추 네댓 대나 배 갈린 암소가 외양간을 지키고 있으며 아버지는 그놈 기르는 재미로 사신다.

"요놈의 짐생이 정을 안 줄래도 정이 안 들 수가 없는 짐생이여. 하긴 우리 자석 놈들은 요놈이 다 갈챘응께. 난 심 하나 안 썼구만."

· 똥금: 터무니없이 싼 값을 속되게 이르는 말

작품 출처 및 수록 교과서

작품	작가	출처	수록 교과서
옥상의 민들레꽃	박완서	《자전거 도둑》, 다림, 1999	
흰 종이수염	하근찬	《흰 종이수염》, 다림, 2002	
사랑손님과 어머니	주요섭	《사랑손님과 어머니》, 문학과지성사, 2012	
영수증	박태원	《영수증》, 삼성출판사, 2012	
턱수염	최나미	《진휘 바이러스》, 우리교육, 2005	
나비를 잡는 아버지	현덕	《나비를 잡는 아버지》, 창비, 2009	
소를 줍다	전성태	《국경을 넘는 일》, 창비, 2018